张月军 著

WEI LE
ZHE PIAN LV

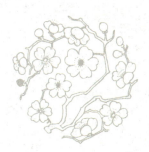

中国文联出版社
http://www.clapnet.cn

图书在版编目（CIP）数据

为了这片绿／张月军著. -- 北京：中国文联出版社，2021.8
ISBN 978-7-5190-4637-8

Ⅰ.①为… Ⅱ.①张… Ⅲ.①中国文学－当代文学－
作品综合集 Ⅳ.①I217.2

中国版本图书馆 CIP 数据核字(2021)第 156144 号

著　　者　张月军
责任编辑　王素珍　徐国华
责任校对　潘传兵
封面设计　王熙元

出版发行　中国文联出版社有限公司
社　　址　北京市朝阳区农展馆南里 10 号　　　邮编　100125
电　　话　010-85923025（发行部）　　010-85923091（总编室）
印　　刷　天津旭丰源印刷有限公司

开　　本　710 毫米 x 1000 毫米　　　1/16
印　　张　18.25
字　　数　247 千字
版　　次　2021 年 8 月第 1 版第 1 次印刷
印　　次　2023年4月第2次印刷
定　　价　66.00 元

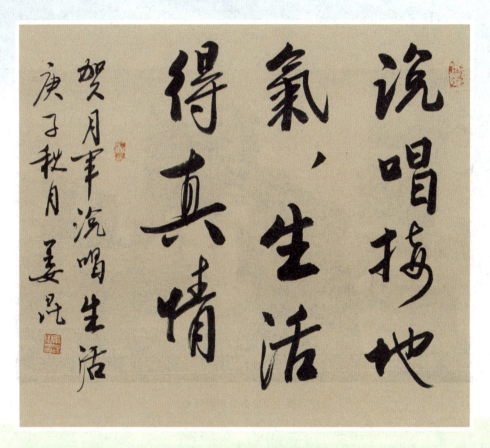

"说唱接地气，生活得真情"
姜昆先生为本书题词

在冯骥才主席办公室聆听教诲

刘兰芳主席题词

和姜昆主席在中国曲艺高峰论坛

与潘鲁生主席在人民大会堂

参加全国中青年曲艺家创作会议

全国文联工作经验交流会大会发言

在人民大会堂领奖

2014年全国曲协工作会议优秀代表发言并领奖

中国曲艺家协会第七届理事会第一次会议

陪冯骥才先生在榆次老城调研　　　　　　在抢救中国民间文化遗产呼吁书上签名

"左权飞来开花调"创作组在左权采风　　　与著名评书艺术家田连元在中国曲协第六次
全国代表大会上

参加全国曲艺创作高研班　　　　　　　与时任全国人大代表马小平探讨创作

中国曲艺高峰论坛交流现场

和《路在爱中延伸》主人公在一起

重点工程工地采风

词作者与《百年梦想》大合唱演职人员合影

在山西省第十届书法篆刻展开幕式上

与著名音乐家金铁霖在中国文联第九次全国
代表大会上

山西省十大女杰领奖会

出席中国文联第九次全国代表大会

参加山西文联九届二次全委会

参加巴黎中国艺术节

慰问 108 国道建设者，作者即兴表演

书法评审现场监审

慰问太旧高速公路建设者

主持"不忘初心、牢记使命"座谈会

2002 年在人民大会堂领取《新世纪之声》
报告文学一等奖

在第六届中国民间艺术节上

说唱表演中

创作源泉来自群众

和曲艺小演员在一起

和参加 2009 年国庆阅兵的中国首批歼击机
女飞行员王欣合影

中国曲艺牡丹奖长治赛区现场

曲艺从娃娃抓起

组织活动现场解说

在"山西省第二届农耕文化论坛"启动仪式上

魏玉坤表演快板书《阻击》

人大代表王玉梅带领职工表演《反击》

抗疫作品传唱

部分国家级获奖奖杯

段磊表演快板《抗击》

习墨中

部分收录了作者文章的书籍 1

部分收录了作者文章的书籍 2

作者（左三）所带毕业班

与相声艺术家冯巩在中国曲协第七次全国
代表大会上

与著名作曲家戚建波在中国文联九代会上

晋中文联文艺骨干培训会

茶虫药盒截
虐全苦乐湿
文虐事贤但
愿姚然湿
世依援姑
续芳缘媳

墨尘诗赠王家长媳月军每见同事老妈
必诗其媳合辛家计周全孝顺无怨无悔余甚
感悦诗以赠之逸品轩主人石文贞书

第五届中国书法兰亭奖获得者石文贞书

目　录

榆次后沟村采样考察记（节选）

在全国性民间文化普查启动前，我们在为一件事而焦灼。即要找一个古村落进行采样考察，然后编制一本标准化的普查手册。如此超大规模、千头万绪的举动，没有严格的规范就会陷入杂乱无章。但采样选址于何处，众口纷纭，无法决断。

突如其来一个电话，让我们决定奔往晋中榆次。来电话的是榆次的书记耿彦波。他由于晴雯补裘般地修复了两个晋商大院——王家大院和常家庄园而为世人所知。他在电话里告诉我，他在榆次东北的山坳里发现一座古村落，原汁原味原生态，他说走进那村子好像一不留神掉入时光隧道，进了历史。他还说，他刚从那村子出来，一时情不可遏，便在车上打手机给我。我感觉他的声音冒着兴奋的光。

我们很快组成一个考察小组，包括民俗学家、辽大教授乌丙安，民间文化学者向云驹，中央美院教授乔晓光，山东工艺美院教授潘鲁生，民居摄影家李玉祥，民俗摄像师樊宇、谭博等七八个人。这几位不仅是当代一流的民间文化的学者，还是田野调查的高手。我们的目的很明确，以榆次这个古村落为对象进行考察，做普查提纲。由于这次普查要采用二十世纪七十年代欧美崛起的新学科"视觉人类学"的理念与方法，来加强我们这次对民间文化的"全记录"，故而这个普查提纲既有文字方面的，还有摄影和摄像方面的。

2002 年 10 月 30 日我们由各自所在城市前往榆次，当日齐集，转日即乘车奔赴这个名叫后沟村的山村开始工作。

．．．．．．．．．．．．

初步考察过后，采样小组成员全都兴奋难抑。工作成果在摄影家李玉祥那里立竿见影。他用随身携带的手提电脑，将所拍摄的影像一一展示出来，更加证实后沟村具有典范的意义。他几乎将这个古村落所有重要的视觉信息尽收囊中。由于我们进村后各自行动，他还拍到不少我没有见到的珍罕的细节，显示了这位涉足过数千个古村落的摄影大家非凡的功力——镜头的发现力、捕捉力和表现力，以及在横向行动中纵向观察的深度。

我对他说，你下边的工作是编写"后沟村民俗调查摄影记录范本"了。

．．．．．．．．．．．．

另一项最重要的工作是对后沟村的民间文化进行文学性的全方位和深入其中的普查。我将这一工作交给榆次区的文联与民协。他们是有普查经验的。我将乌丙安教授编写的《村落民俗普查提纲》交给他们，内分生态、农耕、工匠、交易、交通、服饰、信贷、饮食、居住、家族、村社、岁时、诞生、成年、结婚、拜寿、丧葬、信仰、医药、游艺，凡二十类，二百七十个题目，有的一题多问。请他们据此并结合当地情况，另行计划与设题。

．．．．．．．．．．．．

从山西返回北京不久，传真机的嗒嗒声中，就冒出榆次文联传来的《后沟村农耕村落民俗文化普查报告》。榆次文联在接受我们的工作安排后，很快组成以张月军为首的普查小组进驻后沟村，并制定三种工作方式：一、对所有七十岁以上老人做调查；二、采用座谈、随机抽样方式对全村村民做调查；三、对周围村落采用问卷和走访相结合的方式调查。同时将我交给他们的普查提纲，依据当地情况，或减或增，重新列出十六类，一百五十个问题，一问一题。这些题目是在考察之中不断提出和完善的，切实、准确、细微、针对性强，而且周全。这个普查小组颇具专业水准。这便使这份普查报告具有形成范本的可靠基础。虽然我们亲临过后沟村，但读了这份报告后才算真正触摸到后沟村的文化。

从中，我们详尽和确切地获知该村所有的物产，人们采用怎样的耕作方式和传统技术，制肥与冬藏的诀窍，节气与农事的特殊关系，与外界沟通和交易的方式，信贷与契约的法则，一日三餐的习惯，治病的秘方与长寿的秘诀，节日中苛刻的习俗与禁忌，蒸煮煎烤炸腌的各种名目的食品与风味小吃，居住的规范与造屋的仪式，生老病死、红白喜事的习俗与程序，分家的原则与坟地的讲究，各种花鸟动物图案的寓意，村民们崇爱的剧目，信仰的世界和对象……仅仅数十户人家的山村，竟有如此深厚的文化，而正是这深切而密集的文化、规范、约定，吸引与凝聚着后沟村中这小小的族群中的精气，使之生息繁衍于荒僻的山坳间长达数百年。

此后不多日子，榆次文联又寄来厚厚一本打印的集子，是他们进一步收集到的后沟村大量的谚语、歌谣、故事与传说，其中谚语中"短不过十月，长不过五月""人吃土一辈，土吃人一回""只有上不去的天，没有过不去的山""不怕官，只怕管"等等，都是在这次普查中新搜集到的。多少智慧、经验、感慨、磨砺以及自由的向往与山川般阔大的胸怀，尽在其间。民歌民谣是集体创作的，它反映一种集体性格，我还很欣赏歌谣中的一首《土歌》：

犁出阴土，冻成酥土，
晒成阳土，耙成绒土，
施上肥土，种在墒土，
锄成暗土，养成油土。

这首民谣对土的爱，之深沉，之真切，之优美，真是可比《诗经》。村民们都是土的艺术家。他们真能把土地制造成丝绸和天鹅绒！还有那些关于喜鹊、石鸡、斑鸠、红嘴鸦等充满人性的美丽传说，叫我们体味到这些从不猎杀动物的村民的品格与天性，比我们这些自以为科学万能而肆虐大自然的人文明得多了。

在我将这些资料编入《普查手册》（指《中国民间文化遗产抢救工程普查手册》）时，感觉到在全国性的民间文化普查启动之前，已经有了一宗丰厚又宝贵的收获。当然后沟村也有收获，如今已经拥有全国一流的专家为他们编写的第一部村落的风俗志了。

....

不要以为我们抢救民间文化一呼百应，有千军万马。真正在第一线拼命的只是这不多的一些傻子。

....

我为我的伙伴们骄傲。因为在这个物欲如狂的时代，他们在为一种精神行动，也为一种思想活着。

冯骥才

2004 年 5 月入川归来之日

（此文全文刊登于《收获》2004 年第四期）

如闻天籁　似咀英华

　　时逢中国共产党建党 100 周年即将到来之际，张月军同志的《为了这片绿》要出版了，这是曲艺界的一件大事，好事。

　　首先，第一辑"说唱生活"这个名字起得很好很准确，体现山西文联对曲艺的重视，量体裁衣，立言于世，泽被后人，我甚欣慰。可谓：生涯逢舜日，说唱颂尧年。太不容易了，全国连表演在一起从事曲艺的人数就少，曲艺创作的人很少，女同志坚持曲艺创作笔耕不辍就更少了。这不单单是知识、情感和智慧的融合，更是毅力、精神和境界的体现。岁月沉淀过的精彩与厚重，艺术感染力和表现力是难能可贵的精神财富。

　　认识张月军，是在 2003 年第六届中国民间艺术节申办期间。我去慰问，当时是榆次宣传部的副部长兼文联主席的她来接我。一见到她我就感觉她热情得像一团火。到了榆次以后，在文化中心，她的一段欢迎词引起了我的注意，虽说是即兴演讲，可在贯口、韵脚语言方面应用得非常巧妙，感召力强，接地气。可谓"说唱惊声色，情怀见古今"。出于对曲艺人才的爱惜和传承，我想收她为徒。她说：她只是业余写写，没有学过表演。当我徒弟不够格，差距太大。我想：说唱生涯在，愉悦岁月长。

　　紧接着 2005 年初，姜昆和我商量，他发现了一个曲艺人才，在刚刚结束不久的全国文联工作经验交流会上，有一个全国县级文联的唯一代表，很能干，大会发言精彩不断，意把她调到中国曲协来工作，我当即表示同意。"青山遮不住，毕竟东流去。"

后来征求意见时，她选择了山西——脚踏实地。据说当时到山西文联被安排在其他部门工作。我们给山西建议，一定要让这个人做曲艺工作。后来她到了山西省曲艺家协会，我们打交道就越来越多。

谦虚仁厚，细腻含蓄。和月军相处很坦然，满满的正能量，大家特别喜欢和她在一起。月军有一种浓浓的亲和力，人非常的低调，口碑好，是我们曲艺人的标准形象。每次见到我，她都有新的创作汇报，酷爱学习，日见成长。

锦心绣口，风趣幽默。月军驾驭曲艺语言的能力很强，无论在柯桥、在岳池、在上海、在东北……走到哪里都是欢声笑语，无论哪个场合，她都是现场即兴说唱，说出来让大家觉得得体。她善于调动观众的想象力，包袱皮儿薄，能戳中观众的笑点，让人捧腹大笑，如《画海浪》《坐公交》《对门儿》等。犄角旮旯里有情有趣，市井风情中传美传爱，是赵树理"山药蛋"派文学的继承和发展。真乃：不负春秋笔，兼全说唱功。

才思敏捷，出神入化。月军同志政治敏锐性强。抗疫中创作的三部曲《阻击》《抗击》《反击》，反映的内容从中央到地方，从社区到个人，从政策措施到个人防护，创作神速、时效性强，言简意赅，全面深刻。从专业的角度讲，全篇押一韵脚，是曲艺创作的高难度，适合各种曲种、各种语言表演和演唱，所以被排成多种曲艺形式传说传唱。特别是"世界各国刮目看，神州春天更灿烂"，彰显了伟大祖国的神威，说出了中国人民的心声。此部作品集适时问世，是献给中国共产党建党 100 周年的好礼物！

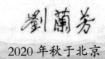

刘兰芳

2020 年秋于北京

《说唱生活》序

《为了这片绿》分三大部分，第一部分是说唱生活，属于诗歌部分，第二部分是调研论文和演讲稿，第三部分是报告文学。书名由中国文学大家冯骥才题写。"说唱生活"由山西省文联党组书记、主席，书法家郭健命名并题写。

"说唱生活"共收辑张月军的说唱作品60余篇，反映了作者的生活轨迹和创作道路。巧的是张月军的部分经历竟与我在榆次的一些活动相吻合。我在榆次什贴下过乡，张月军在什贴当过老师。我曾带领山西大学中文系毕业班学生在榆次二中实习，而张月军就是榆次二中的毕业生。我曾游览常家庄园、榆次老城、后沟，而这些地方恰恰是张月军投入精力最多、工作最深入的地方。这种天然的联系使我更容易加深对张月军作品的理解。

张月军的作品好像她的行动史，她每参加重大活动必然以诗歌记载之。高中下乡她有诗，住党校她有诗，担任榆次文联主席她有诗，在省曲协工作她有诗，在担任了省文联机关党委、纪检委的领导职务后她有诗，参加文联的各项调研活动她有诗。诗随人行，须臾不离，在她的生活和工作中处处都可以写出诗。这些诗无不是充满青春的激情、生命的活力和做一个敢担当、有作为的好干部的精神。

《我与常家庄园》《我与榆次老城》《我与后沟》，莫不抒发她对晋商文明、市井生活、农耕文化的赞赏和感悟。

常家是儒商，作者对常家的藏书、碑帖等的描写体现了常家儒商的特点：

> 常氏遗墨　书画珍品
> 私家藏帖　诗词撰文
> 密集文化　浓缩常家
> 千秋第一　万古无双

在榆次老城作者描写了这座风格各异的中华古建大观园的规模和格局：

> 城隍庙清虚阁西花园
> 县衙文庙和凤鸣书院
> 明清商贸　百年老店
> 鳞次栉比　林立街面

作者在《我与后沟》一诗中说：

> 1990 年　去下乡
> 东赵后沟农耕忙
> 农民家家有粮仓
> 榨油酿酒石磨坊

这种原生态的农村生活引起张月军的极大兴趣。

这是作家自觉的使命和担当。于是张月军就有了她的两篇重要调研报告：《解读后沟古村落农耕文化价值》和《〈古村落（山西榆次后沟村）调查范本——后沟村"农耕村落民俗文化"〉普查纪要》。

作者生活在人民作家赵树理的故乡——山西，从她高中时代就深受以赵树理、马烽为代表的"山药蛋"文学流派的影响，把笔触深入老百姓的生活中，描写普通群众的家长里短，书写他们的喜怒哀乐。

在"说唱生活"中，作者的视野遍及民风民俗，反映普通百姓的生活。《张家娶媳妇》《王家嫁闺女》都是有温度、接地气的好作品。

《张家娶媳妇》从定方案，请总管，选酒店，布新房，直到接亲家，开酒宴，拜天地，跪父母，入洞房，闹个不亦乐乎。请看：

> 生了儿子头一乐
> 亲朋好友来祝贺
> 儿子成亲第二乐
> 洞房花烛百年合

怎能不喜庆、不热闹！

《王家嫁闺女》并不比张家娶媳妇的礼数少。作品表达做父母的心情：

> 生了姑娘小棉袄
> 暖心生活天天好
> 明天姑娘出嫁了
> 此刻心情无法表

张月军是一位资深曲艺家，曲艺语言是她的强项。她深受人民作家也是曲艺家赵树理的影响，在语言运用上有赵树理的风趣幽默、音调和谐、节奏明快，听起来悦耳，念起来顺口，深受群众欢迎。赵树理的《李有才板话》就是这方面的经典。

请看张月军描写的后沟群众的生活：

清早吃：小米粥　山药蛋
　　　　鸡蛋拌汤炒不烂

晚上吃：两米米稀饭熬上豆
　　　　三擦油烙饼就上肉

　　　　男人穿的对门子
　　　　女人穿的大襟子

去冬今春疫情来袭，张月军是山西文艺界最早投入战斗的文艺战士。她先后创作了《阻击》《抗击》《反击》三部曲：

众志成城大决战
共产党员是骨干
严防控　抓复产
国民经济要发展
世界各国刮目看
神州春天更灿烂

——《反击》

张月军的抗疫三部曲，有着高度的政治性、思想性、艺术性，并受到各个方面的称赞，分别被《曲艺》杂志融媒、山西文艺网、山西文艺微矩阵、文化艺术国际网等发表，获文化艺术国际网"2020别样春天文艺作品网络征集"优秀作品奖。抗疫三部曲还排演成快板书、潞安鼓书等演出，深受群众欢迎。

韩玉峰

2020 年 6 月 16 日

第一辑

修篱种菊　说唱生活

说唱生活

郭建安

打煤糕"傻"事

龙王庙街旧文庙
榆次二中是我校
四十七班是目标
班主任是薛文藻

每年深秋打煤糕
平房教室取暖烧
两组一个煤山包
要看哪组来得早

谁来了就属谁了
下组只好等的了
如果煤面来不了
任务肯定完不了

一组表态五点来
三组说是四点来
五组说是起不来
我回到家里来
把我奶奶叫过来
请明早三点把我叫醒来

醒来迷瞪瞪

外面黑洞洞

天上挂星星

怎敢出门门

忽看见——

爸爸站在大门口

和煤泥的铁锹拿右手

手电筒在左手

拉起我的小手手

数着星星往前走

我家住在庙后街

离着文庙不算远

一会儿就到校门前

校门紧锁没人烟

前面院墙有个圪垯垯

平时掩着圪针针

老爸拿掉圪针针

我们跳过圪垯垯

快步跑到煤堆前

高兴得我笑开颜

没人比我来在前

爸爸站在煤堆边

几乎就是正中间
一声不吭挥铁锹
爸爸呀您别犯傻
谁来早就归谁了
我爸还是不吭声
挥动铁锹好像风

汗珠从上往下淌
和煤尘在脸上形成网
湿了他的中山装
煤面一浪高一浪
天刚鱼肚白白亮
两座小煤山立地上

时间已经六点半
对组的同学来试探
我爸说你们两组各对半
有人说这个家长是傻蛋

薛老师　脸灿烂
这样的家长谁不赞
起早受累为平安
团结文明齐发展

1977 年 10 月

高中下乡

高中啦　　长大啦

社会实践开始了

奶奶给我蒸干粮

妈妈给我做衣裳

爸爸下班回到家

军用球鞋手里拿

低头翻腾旮旯旯

军用水壶要带上

铺盖打得四方方

嘱咐球鞋穿脚上

少女的我有思想

握手鞋① 　挺漂亮

穿上这个鼓囊囊

噘起小嘴想抬杠

爸爸鼓励我最棒

我的脾气有点犟

不吭声　去反抗

球鞋绑在铺盖上

注①：握手鞋是二十世纪七十年代一种女孩的时尚。

1978 年 5 月

班干部

来到鸣谦小南庄

分组住到老乡家

老乡家里是大炕

空的棺材地上放

小郭同学比较胖

没人想和她挨上

每组有一个干部一个组长

组长过来把我访

我把小郭同学往中间放

一边挨上墙

一边我挨上

同学们都给我鼓掌

打开被子放上床

衣裳纳在被子上

有的人一觉睡到大天亮

有的三三两两相跟上

结伴儿去把厕所上

同学叫我起了床

叫小郭她嗯嗯嗯我不上

第二天蒙蒙亮

同学们起床就梳妆
哎呀呀　湿漉漉我的衣裳
同学们一个个忙
指向是她尿了床
我说是窗台上的杯子
没盖好就放

一上午的劳动她没人帮
到下午她悄悄地塞给了我一块糖
是我尿到你衣裳上
我叫你　你为啥不上
她说我和组长吵了架
不想跟她一起上
我又内急又害怕
不敢叫你和我再去上一趟
只好拽过来尿在你的衣裳上

1978 年 5 月

第一次做检讨

高中下乡小南庄
帮助大队锄棉花
农民伯伯正在忙
劳动任务以组帮
每组出一个干部学习锄棉花
别人竟把我笑话
我们是男生你行吗

我认真学仔细看
满身出的全是汗
右手拿的小锄锄
左手拔草间苗苗
四到五寸留一株
蹲着向前要速度
定让别人好羡慕

回到组里我一教
大家都说知道了
排成一排往前锄
第一完成是我组

站在地头好骄傲
就在小渠渠里各洗脚
等着检查开始了
哎呀呀　太糟了
我组把棉花苗苗都除了
留下的大都是杂草了
妈呀呀　我蒙了
薛老师　也火了
你给同学们做检讨

我站在土地塄塄上
同学们都在塄塄下
脸又红　腿又抖
手手捏着小指头
又内疚　又害怕
觉得脸儿没处挂

学习农民好思想
看似简单不能慌
万事认真来当家
光说速度帮倒忙
我第一次当着众人做检查

第二天大家去地里把杂草拔
老师说　你受罚
村口那块大黑板
你一个人出板报吧

我又是写又是画
又是设计很是忙
隶书楷书把宋体仿
哥哥送我的《板报大全》真用上

大家回到村口夕阳下
读着时间似水哗啦啦
将要离别小南庄
贫下中农把我们夸
你们是革命的好娃娃
我们班"诗人"的外号诞生了

1978 年 5 月

割谷子

今天我们学校把联欢会举办
大家的节目精彩好看
我的节目倒也简单
我把初做教师的体会谈谈

空气清新天很蓝
带着铺盖上了山
什贴学校带初三
当好教师不简单

第一次我把讲台站
腿发软　嘴发颤
看到学生们期待的目光把我看
觉得肩上有重担

劳动课学生问我怎么干
首次割谷子我不知所措把学生看
根本不知道怎么干
学生说张老师快点儿干
天要下雨谷要烂
来年吃米就困难

同学们主动两排站
男女两边往中间干
一会儿谷子被割完
整齐排放像小山

心里悄悄地对学生有了好感
说到这里算一段
当好老师很是难
我今生努力去登攀

1979 年 10 月

画海浪

龙白学校我带初三
初三就是毕业班
毕业班就是难
难在考学命运转

距离考试时间短
学校的事情老师揽
打扫卫生擦黑板
因为咱年轻也不怕干

有一天我在教室出板报
一名女学生很奇妙
张老师你画得好极了
同学们都往这儿跑
我问学生为什么好
她说您画得太像了

又有经　又有脉
好像白龙河边的大白菜
我就是把你来崇拜
给你一百个爱爱爱

夸得我心情有点怪
这是什么青春派

心怦怦　脸红红
油盐酱醋啥心情
秀珍秀珍你停停
我画的是海浪行不行

1980 年 10 月

初三祝愿

——在毕业班典礼会上的发言

今天我往这儿站
意义有些不一般
同学们深情的目光把我看
我的心顿时潸然

教了你们三年又半
我和同学们有情感
今天是毕业联欢
学校把这个会隆重举办
参加这个会我也不盼
因为一开会就意味着要散

首先我祝贺大家初中学习期满
祝各位金榜题名中考顺安
想昨天　康任闫赵等老师
和我挑起了初三的重担
把毕业班亲自把关
讲课出神入化又精湛

你们为考上心仪的学校流汗
白天肯钻　中午带饭
晚上还要挑灯夜战
围绕书本打转

虽然我们还没有顾得上共同爬山
也没有把名胜古迹游览
但我们共同攻克数理化的难关
把各门知识的金钥匙来探
老师同学都加点加班
也许有的人还记得你捣蛋

谁也不想名落孙山
下大功少睡觉也是心甘
看今天我们欢聚一堂来联欢
望明天同学们将把各行各业布满

观当下大部分上高中
也有的去上师范
未来有的去攻克科学的尖端
有的到工厂为建设祖国奋战
有的到农村把建设新农村的路探
有的到医院为病人解除磨难
有的当演员把党的政策宣传

龙白学校的校址看起来一般
但是它使人流连忘返

为祖国各行各业输送人才不断

希望你们都是各行各业的模范

1983 年 7 月

榆次是个好地方

——省政协委员视察榆次主持词片段

榆次历史悠久文化灿烂
东长凝的茄子西长凝的蒜
什贴的小米子山药蛋

东中西郝把瓜儿看
后沟的小白梨慈禧赞
喝酒要去大东关

灌肠汤圆还有粘
胡家湾　田家湾
水库的鱼儿捞不完

海底岭　风景好
远古是海洋错不了
避暑就往山上跑

过去的榆次
一条大街一座楼
一个警察一只猴

一个狗熊不露头
酱油不咸醋不酸
饼干赛过耐火砖

现在的榆次
工业战线产值翻番
农业战线粮仓丰满
文化教育生机盎然
城市建设举目可观

1984 年 1 月

新年话机关

我往这儿一站
大家的掌声不断
我定睛细看
鼓掌的和我都挺惯

今天是八五年元旦
榆次市委机关
把联欢会举办
参加这个会是我久盼
心里一直在盘算
唱支歌吧　嗓门高得像呐喊
跳个舞吧　身材有些矮宽
拉个琴吧
无专业训练担心把琴弦拉断
还是诗朗诵一段
不是自己创作
怕紧张再忘了一半
以上各种都有困难
只好端上这盘子山药蛋
榆次评书说一段

在此衷心祝愿各位
新年快乐　幸福美满

老同志们
你们为了祖国的今天
南移北转　浴血奋战
退居二线的还把顾问承担
在这里祝你们
晚年幸福　寿比南山

中年人在单位挑大梁是骨干
在家里干家务是模范
年轻的朋友们
高高兴兴上班
勤勤恳恳奋战
在此祝你们
爱情甜蜜　幸福美满

市委秘书处把机关事务总揽
领导的同志们按部就班
组织部正在把全市整党工作筹办
宣传部把改革构思向全市人民贯穿
市报社　对台办
工会　妇联　青年团
每逢节假日挑重担

统战部　"五四三"

科协　信访　史志办
他们的工作干不完
低头伏案把材料钻
出纳会计忙加班
他们的工作细又繁

咱们机关面儿宽
我一下给大家数不完
还有咱们的锅炉房和炊事班
锅炉房天天来送暖
炊事班顿顿做好饭
门卫大爷们把自行车儿来照看
通讯员们精精干干跑得欢

咱们市委大楼看起来很一般
对榆次人民的贡献不平凡
望来年
在改革的浪潮中我们团结奋战
把榆次的面貌变上一番
工作之余我劝大龄的青年们
不要忘了把对象谈
衷心祝愿姑娘们的对象踏实能干
也悄悄地告诉小伙子
找对象要细心加大胆

我是团市委的张月军
老同志们都亲切地喊我——小蛮

说到这里算一段

下面的节目更好看

注：“五四三”为“五讲四美三热爱”。

1985 年元旦

让我们荡起双桨

——山西省少先队辅导员培训班结业晚会主持词

欢乐的歌

和煦的风

正值全国"创造杯"活动大竞赛

取得全面胜利的今天

正当红领巾创造年

即将开始的时刻

我们工作在少先队第一线的

辅导员同志们

从太行山巅

百里汾川

云集这里

共同学习少先队工作的方法和技能

汲取培养接班人的

营养和食粮

我们是少年儿童的知心朋友

我们是培养通向专家教授

明星健将的阶梯

我们是未来世界的雕塑家

我们的事业
崇高而伟大
我们的职责
任重而道远

让我们唱起来吧
尽情地歌唱
歌唱出对红领巾事业火热的心
让我们跳起来吧
欢乐地跳跃
跳跃出辅导员的稚气童心

吻——
亲和爱的象征
亲人的吻激发上进
妈妈的吻暖遍全身
请看太原师范舞蹈《妈妈的吻》

看见娃娃们活泼可爱
想起了我们的儿童时代
小花戏《卖汤圆》把汤圆卖

同志们到这里学习半月整
一定对家思念得很
想想边防战士的情

大同独唱《十五的月亮》伴你旅一程

十五的月亮圆又明
月下有一对年轻人
他们明天要结婚
请看山西师大《小二黑结婚》片段

《小螺号》滴滴地吹
海鸥听了展翅飞
歌伴舞声声唤船归
晋城的阿爸快快回

让我们荡起双桨
小船儿推开波浪
抬起头望望我们的远方
运城给我们带来小品《绿树红墙》

小小竹排江中游
党的教导记心头
长治的步伐不落后
小合唱《红星照我去战斗》

牛儿带到山坡了
牛儿在山坡吃草了
放牛的孩子哪儿去了
太原市带来舞蹈《王二小放牛郎》

辅导员老友和新朋
心贴心众志成城
手挽手奔向前程
合唱《我们是共产主义接班人》

1985 年 7 月

教师最光荣

——在教师节座谈会上的发言

人民教师我来谈
历史文化园丁传
蜡烛精神人人赞
辛勤耕耘不平凡

在课堂　耐心细致　勇挑重担
在课下　为人师表　目光慈善
访家长　做出改进差等生的方案
白天和学生共行在书山
漫步在知识的海滩
晚上批改作业写教案

您的学生　各行各业布满
您的光荣　犹如蜡烛点燃
您的劳动　使人类生机盎然
您的付出　使祖国捷报频传

学校人才的摇篮
老师人生的指南

岗位看起来一般
工作是伟大而不凡
人类灵魂的工程师
长虹永贯

1985 年 9 月 10 日

党校印象

——在晋中地委党校教师节联欢会上

今天我代表党政八班
参加地委党校联欢
我来自榆次市委共青团
从事团干八年半
风风火火使劲儿干
上党校深造我和每个青年干部一样翘首企盼

为了考党校我历尽艰难
单位的同事大都毕业于中专
谁能去考面临挑战
男的说女的应该靠后站
女的说她刚生了孩子一岁还不满

白天上班洗衣做饭加洗碗
晚上去参加培训班
回来才收拾家给孩子洗涮
住二楼没有下水管
自行车要往上搬

淌着泪　流着汗
带着儿子往龙白学校的窑洞搬
白天小米粥配山药蛋
晚上炕上常有蝎子窜
考上党校不畏难

党校开学红旗展
老师同学精神满
老书记眉慈目善
一进校进行了恳谈
校长的脸像"冰砖"
讲了"西点"讲延安
带课的老师个个精明强干
历史汉语逻辑和我们相伴
班主任　孙金凤
纪律底线不让碰

办公室把全校事务总揽
教务科制定出教改方案
教研室分门别类各自攻关
膳食科关心大家吃好饭
无公害　很天然
那天我去转了转
他们正把香肠灌
里面加了葱姜蒜
医务室的大夫们把体检管
还把计划生育来宣传

干部谁敢"超产"
可不仅仅是罚款

有人说图书馆
没事儿干
我专程还去看了看
忙得他们还团团转
有的正在把编号粘
有的正把材料转

特别提出清洁工老韩
袖子裤儿一起挽
勤劳肯干美名传
党校给了我们慈母般的温暖

同学友谊刚开端
今后有事常交谈
锦纶大桥右拐弯
电报挂号一二三

1988 年 9 月

观电影《焦裕禄》

这几天各大影院场场爆满
大家把《焦裕禄》观看
老大娘泪水湿透了衣衫
年轻人热泪挂满
姑娘们掏出了纸巾把泪花来沾

送葬的路上十万大军场面壮观
兰考人民在一片哭声中呼唤
焦书记
一年零三个月如此短暂
你留给人民的是世代的相传
是因为县委书记的桂冠？
不
是因为
您不忍心兰考人民屡遭灾难
您不忍心兰考有些儿童讨吃要饭
艰苦贫寒
您不顾大雪风寒
不顾大雨淹漫
顶着严寒　迎着困难
植树造林　治理沙滩

找到了挖掉穷根
治理"三害"的方案

您处处想的是人民的苦难
时时在顽强地和病魔作战
您的岗位是那样的平凡
您的形象群众赞叹
您是人民心中真正的父母官

1990 年 12 月

评说榆次宣传兵

今天我往台上站
原来以为大家会掌声不断
可是我定睛一看
没有几个人把我称赞
是因为我和你们不惯
还是因为我长得不太好看
参加今天的联欢
我还进行了一番打扮
为了这次联欢
我还误了今天的午饭

今天广播局大厅五彩斑斓
既不是来了文工团
也不是上映《高山下的花环》
我们怀着辞旧迎新的情感
宣传系统组织迎新联欢

举办这次联欢
一是为九零年各项工作任务完成圆满

二是为了九一年团结奋战

今天咱们在这儿高高兴兴联欢

昨天还在各自的工作岗位上奋战

宣传系统的单位虽然不直接生产

但留给社会的是一片炽热和温暖

教育局的人个个精干

把全市高等中等小学幼儿师范

教育下一代的事务总揽

卫生局的人眉慈目善

领导着白衣战士和病魔作战

多少人把工作岗位重返

文化局勇挑重担

抢救文化遗产

多少人举起拇指把你们称赞

计生委的工作天下第一难

知难而进是习惯

广播局的同志们辛苦非凡

看电视听广播人人喜欢

市报社　不一般

骑着木兰　顶着严寒

跑遍了榆次的水水山山

体委的同志们最勇敢

为了明天去夺冠

不畏酷暑和严寒

文联爱卫文化站

前进剧院图书馆

默默无闻出力流汗

宣传系统看起来一般

对社会贡献不平凡

1991 年元旦

老年童趣

国际老年节和九九重阳相伴
榆次市委把节日办得空前圆满

跳棋难解难分
象棋正在将军
拱猪激烈诱人
谜语很动脑筋

老张吊起了瓶瓶
老李扔了盆盆
瓶瓶跌进了盆盆
盆盆打了瓶瓶

煤海之光彩灯
真叫各位喜人
至此双节来临
我代表全体干部职工
敬祝各位老人
老有所为　一展雄风
福如东海　人寿年丰

1991 年 10 月

"大世界"说小榆次

今天的"大世界"很温暖
全省各市县的领导在这里联欢
尽管已是初冬的严寒
感到了党的阳光灿烂

小城榆次很一般
这几年的变化不平凡
马路全部加了宽
墙上贴了大瓷砖

人民生活日益改善
鸡鸭鱼肉经常调换
姑娘们戴的金耳环
小伙子抽的红塔山

东长凝的茄子西长凝的蒜
黄彩的苹果不用看
怀仁的醋人人赞
还有什贴的山药蛋

前年打出了娘子关

出口欧美新西兰
中都的夜景更解馋
拉面削面荷包蛋

有空您亲自去转一转
迎宾街　北外环
森林公园乌金山
华矩新都图书馆

看看咱们的火车站
彩色喷泉很壮观
政府又投资一百万
明年将建成体育馆

1992 年 11 月

迎元旦

今天饭厅上下装点得五彩斑斓
市委机关联欢在此举办
大家载歌载舞笑声不断
共同拥抱九三年开端

一九九二年
画了一个圈
南方谈话扬风帆
经济建设树标杆
有的下海找米吃饭
有的挂职身手不凡

组织部的人很能干
来得早走得晚是他们的习惯
宣传部为经济上台阶摇旗呐喊
肩负着精神文明创建的重担

秘书处　市委办
制定了榆次的发展方案
统战部　对台办
联合求发展

市报社　青年团

纪检　科协　宗教办

小康路上显才干

市委决策英明果断

外围的墙刷了不仅仅好看

小房房才盖了一半

后勤就增收了几万

机关人员的生活得到改善

大家举起大拇指称赞

你不相信请看

自行车变成了小木兰

一九九三　好开端

放开胆子大胆干

解放思想求发展

榆次的明天更灿烂

1993 年元旦

闹元宵

女士们、先生们、朋友们
嫂子、姐姐、哥哥们
大娘、大爷、儿童们：

正月十五到
庆祝新春掀高潮
市委市政府把
街头文艺表演活动搞
又祥和又热闹

榆次市十五个乡镇
十个街道办事处
十大系统聚齐了
大家热情高极了

传统的民俗文化全来了
民族服装穿齐了
清早吃了鸡蛋了
文化大餐奉上了

新春快乐了

鸡年好运了
东起猫儿岭西到经纬厂
十里顺城街
人山人海了
花灯挂满了
元宵文艺活动总指挥台工作开始了

请大家注意了
安全第一了
文明礼让了
节目全是动态了
大家都能看好了
观众翘首以盼的红火开始了

中都——金鸡报晓腾飞了
魏榆——小康路上齐进了
十四大以后的第一个元宵节
我们在欢乐的歌中欢度了
我们在和煦的风中庆贺了
下面按照行进的顺序开始介绍了

一唱雄鸡天下白
市委市政府队伍走过来
红旗举起来
彩旗飘起来

我和大家都一样

观看节目在现场
一边看　一边讲
讲不好的自己想

太平盛世热闹非凡
老的小的跑得挺欢
计委系统锣鼓乐团
长绸舞出党的温暖

什么歌舞最好看
大头娃娃很美观
小朋友　最喜欢
经委的节目早已盼

春天的花绽放
建委系统好棒
迎新锣鼓敲响
优质建筑登榜

农委彩车好是喜欢
三横一竖粮仓丰满
温室大棚种植创新
新鲜蔬菜四季常青

财贸系统显风采
吃穿用都引进来
大花围巾头上盖

女孩子举起长烟袋

教育系统最风采
桃李天下人人爱
家家户户离不开
秧歌队伍看过来

白衣天使队伍来
从上到下一身白
霸王鞭　舞起来
赶走病魔健康来

郭家堡乡是明星
亿元乡镇第一名
彩车队伍很招人
大楼又起了一栋栋
企业又建了一群群
欢乐祥和气象新
挖棍来了挺高兴
孙悟空打起了白骨精

使赵的领导很精神
杨盘的铁厂出了名
万宝卖醋有水平
龙田和后沟接"神"亲
抬棍队伍成了群
小二黑又结了婚

晋中是个聚宝盆

我们都是盆里人

平遥的牛肉太谷的饼

张庆的铁棍最有名

东阳的背棍走过来

背着娃娃扭起来

领头表演霸起来

白蛇许仙舞起来

鸣谦队伍最气派

威风锣鼓敲起来

运煤的车队走过来

乌金乡镇强起来

沛霖乡　有煤矿

唯旗必夺很强大

秧歌扭得精气壮

后面的队伍快跟上

北田的高跷踩得棒

男女老少一起上

红元帅　红富士

水果红遍全榆次

什贴的小米山药蛋

旱船划得真好看
船工爷爷走得慢
原来他是女人扮

东长凝的茄子
西长凝的蒜
相立的姑娘不用看
秧歌扭得超好看

庄子黄采和东赵
节目表演逗人笑
二鬼摔跤真奇妙
懒汉推车大笑料

陈侃石圪塔山庄头
金鸡报晓最前头
报出今年好彩头
精彩的节目在后头

宣传系统最风范
男的女的都精干
一张报纸似简单
走遍榆次水和山
广播电视要值班
三百六十五天送温暖
下河东　十五贯
打金枝　白蛇传

不用再到剧场看

金鸡报春春天到
小康路上赶帮超
榆次百姓人人富
致富路上迈大步
明年元宵我们再欢度

（1993年元宵节活动现场主持词）

榆太路

三月魏榆　春风送暖

太榆公路　红旗招展

108 国道大小车辆把路面五十米排满

围观的群众成千上万

胡书记更是精神饱满

回到山西把实事来办

少卖煤　不卖炭

输煤变成建电站

三项建设大会战

太原可直接到香港转

榆太路　我来谈

古今对比不平凡

解放前　烂泥潭

骑上毛驴也很艰难

解放后　大改观

柏油马路来贯穿

看今朝　路拓宽

高速公路多壮观

时间短　拆迁难

筑路大军能攻关

多少丈夫顾不上把媳妇看
更是顾不上把儿子管
星期天也加班
工地上来吃饭
资金紧张怎么办
你添瓦来我加砖
神速建成多壮观
歌颂三晋好儿男

祝愿 108 通车圆满
祝三晋交通蓬勃发展

1995 年 3 月

零点歌厅

世上的花环千千万
零点的花环很好看
世上的花篮数不完
零点的花篮超烂漫

来到零点八点半
实属时间太短暂
零点留给了我一片暖
这就是我的感受片段

大厅上下装点得五彩斑斓
水果盘里还打着艺术小伞
歌手们唱得动听委婉
乐手们的高技把三晋震撼

经营策略不平凡
只要你拿好点歌单
免费为您做宣传
这就是它的不一般

厂长经理把业务谈

推销商品广告栏

一份花钱多份圆满

这样的事情谁不干

小伙子的对象更好看

姑娘们的另一半更精干

我祝福零点的明天

客源不断场场爆满

1993 年 12 月

悠悠"税"月情

新税法颁布需宣传
宣传部门来帮办
电视报纸开专栏
拱门气球发传单
今天在此我谈谈
税务工作不平凡
国民经济要发展
人民生活需改善
离了你们不能干

有人说税务工作挺好干
首先混套制服穿
工作就是收税款
大街小巷到处转
女的骑上小木兰
男的抽着红塔山
大企业　小商贩
见了你们就圪钻
都不想见到税务官

其实税务工作不简单

国家繁荣潮头站

小康路上把税办

平等竞争公平税负

税制改革简化规范

敲起征收的键盘

奏响和弦美名传

火热的心宏图展

聚财强国使命担

会计管理都要过关

清正廉洁才能干

拔钉子　闯难关

偷税漏税都要管

如吃管户一顿饭

国家可能损失几十万

税企关系很客观

处理好了可不简单

我尽微薄之力为新税法做宣传

1994 年 4 月

筑路工人赞

——慰问太旧公路建设者演出

九月金秋　天高云淡
太旧路上　红旗招展
机声隆隆　铁锹闪闪
英雄的建设者们
你们刚刚抹掉三伏天如雨的大汗
又迎来了清晨和傍晚的阵阵秋寒
今天省妇联带着全省妇女的祈盼
来到长治建设段

线密密的鞋垫垫是妇女们挑灯夜战
绣花花的手绢绢是姑娘们真情递传
礼品不能用金钱估算
这些都来自男人以外的一半

我荣幸晋中来了人数有三
地委焦副书记带队
老艺术家程玉英唱片段
我现场采访说一段

挖隧道　不畏难

架大桥　挑重担

一日三餐工地吃饭

简单的住宿伴你们度过一个个夜晚

你们有力的手

擎起山西的发展

你们美丽的心

像九天仙女下凡

编制着经济腾飞的花环

中秋节将至

家家把亲人来盼

世上人人都有情感

可你们有的顾不上把亲娘看

有的离开了婴儿的摇篮

有的推迟了把对象谈

真可谓

世上的小伙子千千万

筑路大军最风范

衷心祝愿

改革路上朝前看

开放路上并肩战

致富路上同心干

幸福路上捷报传

1994 年 9 月

做客《星期天》

电台《星期天》栏目
邀我把星期天谈谈
实行双休日大家都喜欢
星期天上班族人人来盼

小孩子们个个喜欢
女的打扫擦抹洗衣做饭
男的担水和泥捣炭
也有聚餐品茶看画弄古玩

睡个懒觉被子铺摊
休息日到街上游玩
百货日杂当日置办
蔬菜水果销量增半

考学的学生爬书山
参加各类培训班
家长们负责生活改善
也有的带孩子把电影观看

恋人们成双成对出来游玩

花园散步手拉手打着花伞
菜市口上桃花面来了两碗
长椅上相依促膝交谈

大妈公园遛狗唱歌舞扇
老大爷们钓鱼遛鸟攀谈
家里孙子外甥天真烂漫
一块一块都是小亲圪蛋

警察叔叔把岗站
环卫阿姨扫路宽
电力哥哥架电缆
公交姐姐还上班

有人辛苦有人欢
换来大家都平安
现在是七点五十三
《星期天》好开端

1995 年 6 月

永远跟党走

——在中共榆次市第七次党代会上

榆次第七次党代会
广播电视报纸文艺宣传
大街小巷红旗挂满
全市人民实际行动把党代会筹办

想过去
共产国际火种传
中国人民有了救星盼
最难忘
一九二一南湖船
我党儿时多患难
王明"左"倾害党惨
遵义会议转危为安
万里长征草地雪山
八年抗战保河山
圣地延安——革命摇篮
全国解放——人民齐欢
三座大山从此推翻
伟大祖国在世界东方屹立巍然

社会主义建设壮阔波澜

更难忘三中全会力挽狂澜

中华改革气壮河山

看今朝

魏榆大地生机盎然

党的各项政策在人民心中温暖

工业产值又翻番

农业粮仓很丰满

商业不再有疲软

文化教育捷报传

经济繁荣利税突破亿元大关

望今后

我们在党的领导下团结奋战

在前进的道路上

永远登攀

1996 年 5 月

她可能是小吴

有一个星期天吃过早餐
为了让儿子德智体美全面发展
这周他自选去太原游玩
带着儿子首先到银行取款

有个营业员来得挺晚
见谁都是一顿凶悍
取上钱也没顾上细看
到了汽车客运站

高兴得一直在广场玩
中午到了大南门的削面馆
拿出钱来一看
整整多了三张怎么办

儿子不高兴不仅电影还没看
动物园的项目也没有完
道理讲了一大摊
无奈地和我们往回返

回到银行已下班

看门老汉更凶悍
钱和银子当面点盘
出了门我们根本不管

解释得我们舌燥口干
多出来退我也不干
因为之前都是大吵一番
直到我们给他放下钱撤返

这时候他才大悟恍然
你们等等我叫小吴过来看看
不等了孩子还要写作业吃饭
他一直说好人一生平安

第二天下了班
有两个陌生女子门口站
手提香蕉葡萄一大串
感谢你们好人一生平安

1996 年 6 月

赞美你共青团

今年五四青年节七十五周年
团市委召集新老团干座谈
我把我的体会谈谈
小学时向往长大加入共青团
中学时积极申请加入了共青团
教学后投身于火热的共青团

从学校有幸选调到团市委
专职工作在共青团
一口气工作了七年半
缔结了深厚的真情实感

共青团　不一般
五四运动扬风帆
一九二二　广州诞
《中国青年》　上海办
跟党走　是骨干
党的助手显风范

"七五"目标挑重担
改革开放冲锋干

带头经商企业办
凌云大厦租了摊
卖了彩电卖衣衫
接受市场经济新挑战

创四化大业振河山
带领青年齐参战
工业农业都翻番
国防科技树标杆

做"四有"新人加油干
有理想人生无遗憾
有道德古今向前看
有文化世界超前站
有纪律守法做模范
思想教育把新路探

文化艺术节的举办
《榆次青年》的创办
宣传党报订书刊
大型歌会《园丁赞》
《光荣啊，中国共青团》的歌声响彻云端
千人舞上街表演阵容壮观

男穿西装女烫头
战胜世俗咱带头
联谊会　相亲会

经济发展交流会
种粮大户是青年
养猪模范是团员

橡皮脑袋兔子腿
还要一张鹦哥嘴
跑遍东西和南北
学校部　少工委
团中央把荣誉给
全国夺了"创造杯"

团委的人很真诚
工作不分官和兵
团委的人很热情
互帮互学能交心

一件小事很微妙
书记亲自发电影票
刚来的同志坐中间
书记他坐在了最边边
小事印证大坤乾
学会做人德为先

在团市委期间我结婚了
生下儿子分房了
入党了　进步了
人生第一篇

全国优秀论文获奖了
周总理乘过的专机坐上了

今天我再回团委来座谈
现在已到市委宣传部做宣传
人生的进步离不了共青团
让我们终生受益非凡
我相信共青团的事业冲霄汉
共青团的干部青出于蓝胜于蓝

1997 年 5 月

周易浅语

——在《周易与色彩》讲座上的开场

今天听讲课的都是精英和模范
我定睛一看
大家都进行了精心打扮
昨晚我也改变了平时的习惯
开始挑灯夜战
因为这一课程是我初探

中华周易壮阔波澜
博大精深指点江山
金木水火土
东西中北南
赤橙黄绿青紫蓝
与我们的生活紧相关
大家认真听讲一定收益非凡

1999 年 9 月

我与常家庄园

二十一世纪榆次换了新书记
各个部门调研精心细
领导问：你有什么想法呢
我想文联主席不好当
很努力才获了三个奖
见好就收换地方

那你到妇联吧
又激动又高兴
出门就给爱人报了信
我离开文联到妇联啦
真的吗
书记说的哪有假

两天后书记的秘书来电话
你到领导办公室去一下
高兴得我心里乐开花
准备交接工作上新岗

领导说　你坐下
我的心里把鼓打

难道安排有变化
今后榆次要做文化
文联你要继续留下
需要什么支持你提吧

我思想落差比较大
书记呀　做文化
张三优　李四良
王五赵六都比我强
榆次卧虎把龙藏
他们都能把主席当

推荐干部你不用忙
组织决定我给你讲
听说文人都买你的账
你继续担任文联主席没商量
我只好低头想了想
那就给我派副主席吧

接受任务到常家
步入明末清初的儒商
常家的保存不容易
全靠荣军棉织厂占了地
当地群众的情感
保护了这片遗产

周易布局讲风水

金木水火土五行汇

一山一阁二十五廊实在美

两轩三院四园十三亭好宏伟

八帖九堂二十七宅院让人醉

乾坎艮震巽离坤兑

常家庄园赏三雕

艺术含义不俗套

石雕砖雕木雕

豪气秀气阴刻阳雕

高浮雕浅浮雕线雕透雕镂空雕

门楼房脊墙壁无处不雕

浓郁的装饰人文娆

动态的艺术期盼好

青石柱础门鼓石

拴马柱旗杆护石

石桌绣墩石狮子

砂石勾栏石亭子

石雕牌楼踞街心

石雕围栏跃龙门

砖雕宏伟秀藏宝

八卦照壁家训好

祠堂前的百寿照壁豪

体和堂的楼栏垂花草

谦和堂的照壁嵌得好
土地爷表情雕得妙

喜鹊登梅有鼎有壶
石榴葡萄有画有书
龟背纹　富贵竹
祥云图　平安福
五脊六兽垂脊瓦作起步
俄式砖券门走出国度

木雕玲珑剔透了
门楣窗户横梁都雕了
檐角斗拱精雕了
隔扇裙板美雕了
折叠式屏风趣雕了
神仙暗八洞巧雕了

卍字田字寿字菊竹梅兰
松塔多多子孙满满
五谷丰登梅花香自苦寒
栩栩如生人物水山

一品青莲竞折腰
廿四孝　从小教
渔樵耕读育子孙
物力维艰须勤劳

二龙戏珠火焰高

龙头高抬龙须翘

五伦图飞禽很俏

海水江崖刀斧削

碑帖藏书　三坟五典

四书五经　圣贤名言

鹿鹤同松出神入化

蝙蝠猫蝶纤毫毕现

《丰乐亭记》《醉翁亭记》

浑然大气无愧经典

常氏遗墨　书画珍品

私家藏帖　诗词撰文

密集文化浓缩常家

"千秋第一　万古无双"[1]

错落长廊名不虚传

观稼阁极目远瞻

庆云楼檐角入云端

天人合一北国江南

古训"学而优则贾"

贵和才俊商场舞

仁义诚信不怕苦

商海博弈大丈夫

常家丰富的文化底蕴
物质与精神与共
精神与文化合拢
写意与写实一统

《文化　常家庄园的载体》形成了
领导说言简意赅了
常家的特点凸显了
解说词好好琢磨了
培训导游抓紧了
准备 9 月 29 日开园迎宾了

常家庄园三月半
文史收集加布展
导游培训我主办
九二九准时要开盘
本人眼拙水平浅
一睹真容现场观

2001 年 6 月

注①：“千秋第一　万古无双”八字摘自石云轩法帖。

我与后沟

1990 年去下乡

东赵后沟农耕忙

村民家家有粮仓

榨油酿酒石磨坊

以物易物原始交换小广场

交易居住多信仰

土地庙　豆腐坊

和其他村子不一样

时间到了新世纪

榆次换了新书记

深入各部门搞调研

五大战略文化先

后沟古村我力荐

政协会上我建言

东赵后沟挺不赖

古村风貌有点怪

开发后沟我期待

乘着书记的车

一路去后沟
羊肠土道很颠簸
一路绿色鸟欢歌
书记看得很兴奋
当即和冯骥才先生电话通

2002 年 10 月 30 日
后沟的新纪元开始了
手捧鲜花到机场
迎来了民俗专家自八方

后沟古村开发要调查
文字摄影摄像多维化
民俗调查我牵头
次日一早来后沟

古窑洞古戏台观音堂
古庙古树古排水古磨坊
冯先生看得出神很感动
各路专家齐声赞叹很激动
各抒己见要有大动静
冯先生安排古树要鉴定
林业专家来搞定

我们走进了
春种一粒粟　秋收万颗籽
的农耕时代

我们走进了
自然原生状态的农村生活
男耕女织　日出而作　日落而息
驴碾场　人推磨
穿着布底鞋　吃着五谷粮
住着土窑洞　坐着牛拉车

我带人驻到后沟了
有的住在老乡家
有的住在观音堂
田野调查迎着大风
吃着饼子当干粮

我集中大家开会了
村支书他笑了
长辫辫的怎么还敢训你们了
有人说她是我们主席了
大家赞那么年轻当主席了
支书问她有什么本领了
有人说她学周易了
大家说神奇的事情可多了

老乡当即出题把我考
调整我到村支书家吃派饭了
其实我没有他们说的神
只是专家来我学了点皮毛了

专家们留的项目先消化
化简到一百五十个题目上
对七十岁以上的老人逐一调查
采用座谈抽样进行普遍调查
还有周边的村落进行重点调查
三个半月超辛苦
调查结果出来了

惊人的发现真不少
"年代替远　不知深浅"
后沟地处晋中榆次区
全村人口二百五十三
张氏家族七成半

清早吃
小米粥　山药蛋
鸡蛋拌汤炒不烂
中午吃
莜面面栲栳栳割糕糕
绿豆面抿圪斗留尖尖
荞面面圪垛儿焖饼饼
白豆面剔拔股油墩墩
晚上吃
两米米稀饭熬上豆
三擦油烙饼就上肉

男人穿的对门子

女人穿的大襟子

居住大都是窑洞洞
复式靠崖式洞中洞

大门前装饰抱鼓石
石枕石门楣样式千姿百态真奇妙
仪门照壁砖雕神龛精美别致少不了
村口的关帝庙尚保存完好
钟楼鼓楼遥相呼应传家宝

墙上挂一斗
地上卧一狗
鸡鸭遍地走
毛驴车　牛牛车
还有加重自行车
村内道路砌石头
车辙深深久年头

后沟村代表的农耕文化
凝聚着先民的智慧和心血
书写着中华民族的传统文化
历史久远　岁月沧桑
它已成濒临消亡的活态文化
亟须记录抢救和保护

记得那天星期四

书记秘书找我有事
周日给冯先生去汇报
后沟材料要拿到

后沟冬天下雪了
大雪封山进出太难了
所带稿纸用完了
供销社的包装纸用上了
每人手里一大沓
加班整理到周末

十几台电脑一起干
轮流吃饭连轴转
计划下午一点半
副书记拿上文稿开车去打前站

到点啦没打完
吓得我出了满头汗
时间已过三点半
文稿还是没打完

副书记无奈地出发啦
五点六点也没打完
直到晚上的十一点半
喂奶的回去了
照顾老人的离开了
剩下的我和他们并肩战

我答应请他们吃一顿饭
打印完了已清早五点半
到现在还是留遗憾
说好司机带上文稿接书记
赶机场第一趟航班

复印机没墨了
文印后勤都加班
拿来墨盒赶紧换
送飞机的点不能晚
我打电话声音颤
书记说直接送到机场吧
这时候突然停电了
妈呀呀　这可怎么办

从迎宾西路一路向东
经过迎宾蕴华和安宁
一直到了旧北门
这时候已六点半
中国邮政拍电报的有值班
文章出来最少要小时一个半

电话响起心里慌
飞机就要起飞啦
你给书记电话吧
估算你的小乌纱
我硬着头皮拿电话

书记说我给你冯先生的传真号码吧
天上飞机向前行
地上我在忙传真
最后一页把中国邮政的传真机烧坏了

没洗脸　没吃饭
两只眼睛金花灿
第二天清早七点半
来到机关心里颤

见了书记腿发软
印文稿速度慢
给领导添麻烦
书记说冯先生七个字
"好好好　非常专业"
救了你

不是孩子们打字慢
是电脑里找这些字很难
笡笋簸箕耧头儿鏊子
稀缺生僻找全有困难

冯先生看了很满意
是后沟的第一部民俗志
作者与时任文联副主席迎寒风
乘火车　去天津

冯先生处取回题字"后沟古村"
景观石现立村口的正中

2003 年 5 月

"新世界"落成

—— 大型联欢会主持词

西部传颂着中国古老的文明
榆次屹立着人类崭新的世界
十万平方米空间有限
四十年产权商机无限

五千年中华文明
炎黄子孙竞风流
五百名百万富翁
魏榆儿女站英姿
今天新世界商圈在榆次落成
请市政府领导致辞

海到尽头天作岸
山登绝顶我为峰
无边，傅山人的胸怀
绝顶，傅山人的追求

新世界购物投资
将全面展示傅山人的服务

让我们以最最激动的心情

最最热烈的掌声

抽出本次活动的三等奖一百名

土中生白玉

地内出黄金

一个新世界

百年西湖景

无论你多大

农民最最亲

请欣赏歌曲《父老乡亲》

情深万丈　桑田沧海

新世界与您永不分开

一流的服务

一流的管理

年华难遇

你我与共

留住吧岁月如歌

留住吧难忘永恒

请欣赏《过河》

岁月无情地更迭

历史的进程很快

您的脸上模糊了两种姿态

您的眼中融进了往日与未来

母亲河
比山泉清澈
比大山豪迈
新世界里感受一次人生的惊骇
下面抽出本次活动的二等奖三十名

一聚榆次笑开颜
"三个代表"是当先
"五大中心"舞翩跹
傅山文化谱新篇

五味调和离不了咸
粮食茶叶酱醋油盐
人民的生活比蜜甜
请欣赏《心连心》

吃一回豆角抽一回筋
见一回哥哥伤一回心
成功者永不放弃
放弃者永不成功

新世界　走一走
一切烦恼抛脑后
新世界　留一留
好多朋友来等候
下面请抽出一等奖

诚谱友谊曲
幸运降临时
带着千里志趣
播下万丈情深

美国专家设计
北京公司管理
中央空调观光电梯
商业投资的新亮点
花钱赚钱的新天地
下面请抽出本次活动特等奖

新世界购物广场
位于西湖景繁华商业区
是傅山公司成功涉足药业之后
房地产业中
一颗明珠
一朵浪花

兆文瑞景　东京傅山
从天津到太原
从榆次到世界
人为先是我们的原则
人为本是我们的宗旨

黄金地段

高档次大规模

一流的物业管理

顶级的商业形态

是傅山人带给古都榆次的新时尚

下面请朋友们拉起手

让我们

手拉手　创造你我的新起点

心贴心　缔造你强我强的新世界

2003 年 7 月

新闻改革说报刊

魏榆饭店装点得霓虹绚烂
新闻改革研讨会在这里举办
是全国中小城市报刊对创新的呼唤
带着对新闻工作的真情实感
共同拥抱新闻改革的开端

新闻业　我来谈
党的政策咱宣传
凝心聚力扛重担
顺应时代新路探

今天去参观报社文化馆
新闻改革潮头站
有人说
做了记者搞宣传
隔三岔五能解馋
实际上
为了一条新闻的宣传
为了一张报纸的出版
不管酷暑和严寒
一线采访吃苦排万难

总编把舆论导向严把关
记者们出力又流汗
踏遍祖国的河流山川
和形形色色的主人公交谈
晚上写稿子加点又加班
忘掉星期天还是礼拜三

编辑和校对责任担
杜绝出错难上难
发行更是不简单
各个环节环扣环

这次改革与我们都相关
代表们的发言都客观
会后小城好好转
好客榆次把您盼

2003 年 8 月

我与榆次老城

常家导游培训到尾声
请领导验收听一听
培训事宜交给别人
你现在收拾回老城

左看右看里看外看是空城
文化方面下点功
费用方面还得省
让老城来个开门儿红

任务重　时间紧
向领导表态我答应
政府不拿钱也行
搞"三个一千"①作品展来引领
现场办公马上定
政府发文立即行

寻求专业帮助到省城
书协美协去找人
再请书画界名家协助来通融
两位领导异口同声

一二百幅也许准备充分
一千幅还需你们自力更生

我又到了省摄协敲门
一名男同志逸趣横生
一二百幅是国展
专业人士需把关
何况时间这么短
一千多幅怎么敢

征集作品心急切
还需尽快送请帖
没敢再到省民协
回到家里重新列
老中青分类加中小学
各二百幅征集要快捷

老城给我搭平台
我为老城添风采
不限规格自己装裱搞比赛
不限题材山水人物和画派

中华文化五千年
老城风采再展现
有在汉代古建基础上的隋代重建
有宋元明清留下来的历代古建
成为风格各异的中华古建大观园

城隍庙清虚阁西花园
县衙文庙和凤鸣书院
明清商贸　百年老店
鳞次栉比　林立街面
晋商市井和民俗文化全
我们刚刚修复了常家庄园
这次活动政府不拿一分钱

没想到　绝处逢生
中小学生行动如春风
两千幅书画雪片飞纷
作者加上父母亲
爷爷奶奶好友和亲朋
老城很快人气骤升

摄影作品设了擂
人人都能来打擂
投稿最多的算一类
人物肖像小宝贝
重点工程为了谁
自然风光显大美

民俗民风有风味
老旧照片耐寻味
收藏不限海外和海内
团结最可贵　勇敢大无畏
很快一千多幅摄影作品分两层

布满了老城一条街到东门

书协摄协火起来
拿出老城两个院来
两个协会办公搬进来
这时民协主席也找来

说民间藏家们觉得挺不赖
有意将藏品展出来
瓷器木器玉器
泥塑剪纸草编
一千多件民间艺术品
很快就在老城县衙成品牌

琉璃圪奔儿棉花糖人儿
糖葫芦儿驴打滚儿
在老城叫卖起来
布老虎绣品都进来

电视报纸连续报道
老城很快热热闹闹
舞蹈的　唱戏的
还有曲艺杂技的

网罗了榆次的人才
乘势出击把各县作品收回来
晋中的优秀人才也靠过来

文联的威信树起来
小的展品给一个门面
大的多的就给一个院

老城继续完善土建
舞台展览布置分片
文联就是通行证
文联就是名片

啃馍馍就去揭那大蒸屉
走细了小腿磨烂了几双鞋
从南走到北　从东走到西
走出文联人精神气

我到省民协找到主席
说明了共赢的来意
以榆次文联为基本
其他各市县为补充

首届山西省民间艺术节
9月29日召开在老城
全省范围内的剪纸面塑和宋锦
泥人刺绣炕围画雕刻玩具是极顶
代表山西特色的民间艺术品
往榆次老城北大街请

省内艺术家聚榆次

往返车票吃和住
艺术品的安全和保护
文联一站式全服务
文联的同志们
朝五晚九很辛苦

榆次文联老城办公
桑芸府邸　长廊绣墩
小桥流水　大殿小亭
精品艺术剪纸展厅
冯骥才先生讲全国文联你们最行

首届山西民间艺术节的成功举办
前进的路上我们索探
领导说为了老城繁荣不断
我们争取把全国的活动承办
第六届中国民间艺术节榆次申办
文联赶快拿出方案

"非典"期间到处跑
多次到中国民协请示汇报
住固定的酒店还需申报
在机场我们走的是山西专用通道
人和人相差几米都戴着口罩
放下自我把风险去冒

申办会文联主讲榆次文化

副书记把决心讲到了家
大书记关键时候发话
面对着对手的强大
我们的方案诚服了专家
举办权给了榆次啦

上届中国民间艺术节在荆门
成立了考察组去登门
看了当地风土人情
又看了文字资料视频
举办流程经验教训
我们全都铭记在心

北汽福田签约冠名
整套班子组建敲定
展览演出宣传先行
安保服务前锋后勤
土建木建艺术设计
律师会计统计审计

良好的开端和起步
给了我们很大的鼓舞
对外公布组委会名单时有人提
宣传部副部长文联主席
副总指挥的格儿有点儿低
副书记副区长应优先

领导说没有名没有利
给你一盒小名片
副总指挥是鼓励
责任激发大动力

紧锣密鼓把电充满
最忙时一天五块电池都用完
全国各省都有演出团
榆次的宾馆旅店都住满

街道酒店卫生宿餐
道路两旁改铺新砖
整治大街小巷商贩
市民不能随便吐痰

人员场地颁奖和底班
狮队舞队加布展
安全卫生严把关
大事小情管得挺宽
千条线都要通过针
万件事也要细到一根葱

第六届中国民间艺术节开幕
全国的艺术家榆次老城比酷
迎宾会上感慨感悟
激动得我由衷倾诉

月到中秋分外圆

人逢盛世正当年

创业必备坎坷路

苦辣酸咸都是甜

第六届民间艺术节成功圆满

各派艺术家流连忘返

上级政府群众满意把奖颁

优秀组织工作者奖杯亮闪闪

我捧在手里心里欢

一眼望去天地宽

紧接着中国国际民间艺术节

到榆次老城展演

神韵亚洲是精选

奔放美洲来得远

古典欧洲开了眼

榆次人民饱赏了世界文化的经典

2004 年 11 月

我作为全国县级文联

唯一的代表在

全国文联工作经验交流会上

做了大会典型发言

榆次老城给我留下了深刻的记忆

2004 年 11 月

注①："三个一千"指一千幅书画，一千幅摄影作品，一千件民间艺术品。

党校培训班

阳春三月春意暖
参加省直培训班
各厅局都出骨干
上课必须手机关

时间紧　严把关
中午还把录像看
大会交流台上站
结业考试装档案

党校培训扬风帆
精彩讲师撑桅杆
承载伟大似平凡
明天辉煌更灿烂

2008 年 3 月

百花齐放代代传

——在中国文联第九届全国代表大会讨论会
上的发言

天又蓝　云又淡
总书记讲话远瞩高瞻
党的政策是定心丸
文代会　幸福揽
精选了新的领导班
修改了章程起航帆

上届工作圆又满
文化惠民美名传
艺术交流新发展
小鸟筑巢特心甘

新征程　新挑战
弘扬核心价值观
新时代　新呼唤
创作采风有指南
及时雨　雪中炭
德艺双馨走肝胆

百家争鸣求发展
精品突破朝前赶
文化强国壮河山
百花齐放代代传

2011 年 11 月

我的加油站

太原工人文化宫美打扮
山西省"巾帼建功"表彰大会隆重举办
能向我省"十杰百优"零距离亲近学习
感谢省妇联给我的温暖

省妇联　不平凡
关注女性挑重担
整个天　擎一半
各项工作前面站

女子维权她承办
开办健康讲习班
烹饪拔河都开展
荡起小舟扬风帆

巾帼英雄星璀璨
爱党爱国英名传
树典型　求发展
宣传英雄大模范

中华女儿不简单

古今中外扬风帆
世界赛事常夺冠
航天航海宇宙揽

洗衣插花常做饭
打扫卫生是模范
接送孩子当骨干
星期礼拜连轴转

我戴上"山西十大杰出女知识分子"桂冠
相信山外还有山
继续努力不负众盼
这份荣誉就是我的加油站

2012 年 12 月

延安精神薪火传

——在山西省延安精神研究会上的发言

延安精神研究会

各路精英来相会

年末岁尾在此会

我给大家谈体会

各位百忙之中来座谈

因为有着强烈的责任感

爱国爱党爱延安

延河水　宝塔山

八年抗战革命摇篮

宣讲团　进校园

进农户　到机关

延安精神广宣传

上太行　到武乡

瞻仰了八路军纪念馆

参加研究会的工作荣幸非凡

延安精神薪火相传

2012 年 12 月

闻令即动

八项规定刚出台
省文联就动起来
廉政大会当即开
应知应会要明白

真抓实干跟踪办
加大了廉政约谈
又红脸　又出汗
无论节日和下班

四风问题都要管
会议接待要规范
婚丧嫁娶按规办
三公经费严监管

2012 年 12 月

巴黎中国艺术节印象

二○一三七月一
巴黎中国艺术节
中国曲协选人员
全国曲艺千万种
优秀论文很多篇
再次入选心里甜

乘飞机　到巴黎
白天去了仍白天
法国巴黎很美丽
卢浮宫　凯旋门
埃菲尔铁塔收眼底

巴黎文化中心很壮观
五彩缤纷灯光璀璨
中国驻法大使馆
行程演出全来管
法国驻华外交官
和法国观众一起看
二人台　《走西口》
长治鼓书《小两口》

山东坠子《镇关西》
淮河琴书《十二生肖没有猫》
笑声掌声欢呼声接连不断
笛子二胡成骨干
巴黎省省长来盛赞
原汁原味超好看
看了节自大点赞
特别喜欢听我说段段

巴黎法国华商会
会长为赶开幕会
花五万机票来参会

我兴奋不已走上台
巴黎国际大舞台
"特别贡献奖"领回来
外交部　文化部
中国文联　艺术报
《欧洲时报》全报道

2013 年 7 月

给力"神医"

风儿爽　天气蓝
我一路春风到济南
不是旅游也不是转
我有特别的任务肩上担

您要问我有何干
省立医院把于刚看
赞于刚　为哪般
因为患者李丹丹

话说姑娘李丹丹
浓眉大眼真精干
小嘴嘴　红脸蛋
个子高　好身段
近邻远亲都称赞
考在中央美院一定会有发展

可是她——
耳鸣出现一年半
以为是上火了没去看
今天冬瓜绿豆汤

明天西瓜煮鸡蛋
各种偏方都试试看

有一天——
眩晕呕吐天地转
住进了医院全面观
打针输液吃药丸
拍片超声核磁看
中外药品家堆满
可惜症状它未见转

全家人——
得病求医腿跑断
看病开支好几万
千寻发现好网站
欲找于刚试试看

妈妈陪她——
来到了榆次火车站
下了火车把汽车转
行程千里到济南
住在医院附近的小旅馆

母女俩——
彻夜未眠左右翻
一个劲儿地把表看
时针走到三点半

丹丹起床就打扮

妈妈就把小凳子搬

急匆匆跑到医院把队站

啊哟哟——

眼看到——排队挂号人如山

耳听到——不时的有人把"神医"赞

女的手中拿饼干

男的被子还在地上摊

看来医好丹丹有所盼

等呀等　盼呀盼——

期盼于刚眼望穿

号儿挂了个二十三

护士穿着一身淡淡的蓝

眉清目秀也好看

声音甜美又温暖

按顺序——

她叫了李四叫张三

眼巴巴——

二十个号已看完

不时的有人插队往里钻

急坏了大妈和丹丹

丹丹问——

妈妈呀——您看这事情怎么办

妈妈细细一盘算——
这个社会不简单
走后门的风气改是难
已近中午一点半
肯定轮不上咱们看

情急下——
站在门外使劲喊
老天呀！你睁眼看
我前面的已经都看完
为什么还不给我们看

大妈越喊劲儿越大——
走出了护士王珊珊
"不要喧哗，不要喧哗"
"为什么有人插队看？"
"进来的是网上外省预约的
二十个之后优先看。"
"笑话！"

老百姓——
找人最少吃一顿饭
又费钱来又是慢
你说什么我不管
我来挂号三点半

只知道——

我前面的患者已看完
我以前，在太原
把公共汽车售票工作干
前门上，后门下
只要你的脸让我看
不管长得像山药蛋
还是长得像西瓜瓣
我的眼睛可是高清探
敢让我进去来评判？

大妈越说气越大
头晕眼花血压升
加上还没吃午饭……

这时候——
眩晕门诊八号门
吱的一声开了一半
走出了一个中年汉

他——
中等个儿肩膀宽
白脸眉慈目又善
手拿的纸巾直擦汗
"德技和谦求发展，
大妈您进来就诊断。"

于主任——

听到外面一声喊
大妈的心里多灿烂
带着丹丹进来看
"望闻问切"不怠慢

向左转　向右转——
抬起头来向上看
低下头来向下看
挥手开出一张单
"双温检测"不一般
做出治疗好方案
省外患者优先看

于主任——
他一把一把流着汗
也还没有吃午饭
大妈说——
于主任　对不起
刚知道了你们的规矩
我更是不该高声喊
今儿个我非要请您及您的助手吃午饭

主任说——
时间已近两点半
盒儿饭就是我们的餐
正好赶上下午的班
大妈立即把口袋翻

非要表示心一番

于刚说——
不能让我把错误犯
医术要精湛
心要金子般
大妈说——
只是请你们吃顿饭
这与错误本无关

于刚说——
你要非请我吃午餐
我就不给你开化验单
现在确实有点晚
说着送给她们两个盒儿饭

手里颤　心里暖
好像船儿要起帆
医生也不是神仙转
难道他们中午就不吃饭？

大妈告丹丹——
老话说
医生给的饭　胜过吃药丸
大妈和丹丹
门口站　吃着饭
眼里的泪花不停地转

这时候——
好像护士王珊珊
开门伸头往外探
看见母女俩便往里转

原来她——
手捧康师傅桶桶饭
快步走到热水处
母女忐忑又不安
脸上的泪蛋蛋
流成了一串串……

我说得大家发了乱
如今难得是医患
医患遇到了新挑战
真的还有医生这么干？

人生难免有病患
眩晕患者更是难熬盼
天也晕　地也转
恶心呕吐心烦乱
寸步难行肠欲断

如果能——
找到于刚把病看
保证您——

少了一份遗憾
多了一份圆满

李丹丹——
回到山西三月半
耳鸣眩晕都消散
听力恢复有所盼
看天　天蓝蓝
看路　路宽宽

大妈说——
好医生　不平凡
姑娘的心路全感染
学习美术十年半
今天又找到了营生干
回头就去考医专

说到这里算一段
于刚的人生价值观
人人拍手来称赞
白求恩精神代代传

2013 年 9 月

曲协工作小忆

省曲协工作我来谈
社会效益不一般
党组领导我们大干
各项任务完成圆满
诸个处室并肩作战
曲艺上下出力流汗

正月十一到河南
马街书会夺了冠
少儿决赛晋城办
市县组队来参战
百人齐聚煤海宾馆
江苏泰州扬风帆

曲艺消夏晚会临汾揽
我请刘兰芳台上站
说了一段又一段
听书观众超三万

艺术团　研讨班
鼓曲相声和快板

《曲艺创作从娃娃抓起》
参加了绍兴中国曲艺高峰论坛

地市换届众望所盼
组织建设新增骨干
主场活动频频举办
省曲协　出方案
山西首个中国曲艺之乡沁县成功申办
"岳池杯"中国曲艺之乡曲艺大赛咱亮闪
全国第五届中部六省牡丹奖大赛咱承办
齐聚长治很壮观

曲艺小剧场大同看
京云京海来创办
马小平、李鸿民、刘培安
收徒仪式庄重高端
曲艺队伍壮大又发展

东北风　二人转
闫淑萍从艺大联欢
特邀我们去座谈
参加曲艺创作高研班
创作技艺新发展

全国第七届曲代会山西代表团
央视播了一番又一番
巴黎中国艺术节很壮观

走出国门多灿烂

说到这里算一段
曲协是个小摊摊
工作干得不平凡
不妥之处敬请各位多包涵

2014 年 6 月

张家娶媳妇

生了儿子头一乐
亲朋好友来祝贺
儿子成亲第二乐
洞房花烛百年合

早计划　找策划
无论婚礼办多大
步步程序少不下
件件小事不能落

咱是普通一户人
不与社会比风情
六分力量出十分
可怜天下父母心

奋斗一生流汗汗
起早贪黑挣钱钱
省吃俭用圪攒攒
就等这回一铲铲

出方案　请总管

大哥二哥挑重担
遵纪守法铺好摊
按照孩子意思办

多次商量定好盘
旅行结婚出国转
按照规定酒席办
尽快成立几套班

第一套班选餐厅
这个必须早进行
来的都是至上宾
吃好喝好才可心

餐厅环境第一关
文化品位寓意满
多家饭店可供餐
精挑细选开了盘

酒水干果调食材
现场环境和舞台
一家一家来淘汰
选定民俗私房菜

接待亲家一套班
精明表弟当领班
行程计划早定版

二三四妹是骨干

二妹奔驰去接站
手捧鲜花笑烂漫
军人司机很规范
机场迎来亲家赞

入住五星大宾馆
旅游首选五台山
晋商大院开心玩
老酒老醋老情感

华夏农耕黄河边
风味特色尝个遍
花样翻新顿顿鲜
品牌酒水情缠绵

新房布置一套班
风俗讲究相全环
公婆爹娘儿女满
生辰八字五行管

窗上绣球九连环
顶上红绸五福满
红枣花生桂圆散
莲子铺床顺生产

楼道全系红绸缎
一步一升绣球挽
天地映红红满贯
乾坤双喜喜连环

三妹才能尽情展
民俗物品求精湛
缎面红包双合成
四品八样两酒盅

大婚前天事有三
娶亲领班和总管
拜访亲家去面谈
龙凤呈祥墙上粘

大舅大妗陪晚餐
致高礼数情意传
敬赠羊城壶一盏
寓意深远和谐满

子时水饺叫子早
早生贵子幸福绕
新郎出发嘱咐好
父母儿子再抱抱

形象设计四妹懂
婚车装饰鲜花弄

化妆捧花凤盘龙
宝马到来就成功

迎亲路线不重返
程序时辰环扣环
淑贞少女新娘伴
贤良婆姨新媳搀

民情民俗要继传
背起媳妇大家看
拜天地　跪父母
夫妻对拜笑灿烂

酒店设计不一般
古色古香古装扮
花卉彩绘刮目看
喜人喜事喜开端

庆典现场有专班
电视主持台上站
内容紧致背景灿
别样流程似简单

帅气新郎先登场
岳父手中接新娘
戒指交换贴心房
誓言倾诉天地长

亲家父母喜出场
黄金项链赠新郎
亲朋好友掌声忙
南北好合千年长

父母致辞喜气扬
互敬互爱赠新娘
互勉互慰嘱儿郎
一生与你相伴了

全家拥抱共举杯
亲朋同祝姻缘美
来年抱个孙子归
幸福路上比翼飞

敬酒环节有讲究
主人先敬上司舅
敬了亲戚敬好友
脸上抹红常常有

新人敬酒谁人领
大家都把兵哥挺
娘家陪酒实力拼
姨夫出席都放心

摄影摄像表舅担

后勤采买冀哥办

贺喜助兴民歌丹

鸳鸯双枕非遗传

二舅二妗坐阵堂

全家福里谢帮忙

敬送亲家酒一箱

情谊深远久久长

2014 年 10 月

重阳节笔记

今天早上六点半

电话通知我座谈

匆匆忙忙吃早饭

时间不到七点半

来到省文联机关

文印后勤和两办

大家全部早上班

老艺术家们过去为了文艺繁荣发展

不畏酷暑严寒

今天余热生辉　老骥参战

你们的先进事迹

光辉业绩数不完

周命超讲心中一盏明灯点燃

韩玉峰讲文联机关热情似火好像回到延安

李夜冰讲及时雨雪中送炭

姚天沐讲心中有人民身挑重担

赵望进讲弘扬真美善

董耀章讲划时代生机盎然

董其中先生说组织关怀很温暖

老艺术家们激情满

这个重阳节很喜欢

衷心祝愿你们

身体健康　余热不断

福如东海　寿比南山

2016 年 9 月

王家嫁闺女

生了姑娘小棉袄
暖心生活天天好
明天姑娘出嫁了
此刻心情无法表

全福人　来包饺
铺床来年外甥抱
天地虚岁加子母
子时双方同吃饺

出嫁早上要吃糕
幸福生活步步高
面向吉位开脸妆
盘头起髻媳妇当

伴娘新娘闺蜜找
属相大合凤归巢
眼镜手套需藏好
头巾鞋袜最重要

新郎敲门咱不开

请把红包拿出来
演节目　答题快
逗逗女婿喜气派

东西样样都找全
特别袜子和新鞋
茶杯筷子盐和米
婿摸脚背娶回媳

抠脚心　很特奇
新郎指指痒不痒
新娘羞羞回答痒
寓意婚后多生养

新娘手抓富贵钱
出门父母给祝愿
还请哥哥送妹妹
保证好活一辈辈

嫂嫂送　金圪洞
毛毯福垫幸福奔
圆梦车上把头碰
双方一定有好梦

一世有粮坐床上
脚不着地富贵养
戴墨镜　不看脏

副驾伴娘尽量胖

女方送去单回双
男方娶来单回双
今世缘　两夫妻
百年修得共枕眠

王府昨天嫁闺女
今天回门迎女婿
大红灯笼门前挂
大吉大喜今天遇

彩色气球像妈妈
飘到天空找姑娘
拱门就是老爸爸
立在那里等娃娃

妈妈穿上绸缎缎
擦油抹粉戴耳环
爸爸穿上大长衫
好像当年上海滩

姑娘回来门口站
清早婆家不吃饭
喜眉喜眼四处观
对话之后迈门槛

五味饺子互夹起
花生枣儿换着吃
苦辣酸咸甜伦比
下面接着认亲戚

这个可得讲顺序
姥爷舅舅姑姑姨
压轴家人和自己
个十百千万挑一

饭店选得很气派
大喜中堂喜人脉
台上台下乐开怀
今天主人王员外

吉时到　司仪来
回门喜宴正式开
欢呼呐喊把手拍
高堂入座登喜台

喜娘整衣喜开泰
点烛燃香是头彩
新郎新娘衣冠戴
手牵红线绣球抬

红盖头　满堂彩
如意郎君好太太

入喜堂　火盆迈
红红火火日子来

管家置马鞍平安
喜娘添元宝添宝
新人今天过马鞍
往后代代保平安

新娘新郎拜高堂
夫妻对拜喜洋洋
新郎手持如意棒
盖头掀起看新娘

喜娘拿着葫芦酒
福禄长长又久久
一条红线交杯酒
福禄寿喜都会有

新姑爷　叫爹娘
岳父岳母敬孝茶
满意就把红包拿
谢亲朋全家登场

主人致辞很感人
夜没合眼动人心
两位恩师请上场
美景未来绣前程

日落之前回婆家
晚餐娘家要带上
百日不回娘家住
回门大典当夏娃

2016 年 11 月

情系曲艺

——在中国曲协第十五期研讨会上发言

近日大同云冈国际酒店热闹非凡

在座的各位精神饱满

中国曲协学习贯彻习总书记重要讲话研讨班

在此隆重举办

大家的讨论秩序井然

各位老师认真研判

一日三餐吃好饭

云冈石窟转了转

云海曲艺社把节目看

节目精彩高潮不断

我因工作关系调到省文联机关

从事机关党委专职副书记兼纪委书记

接受新的挑战

回娘家来是我所久盼

回顾省曲协工作八年半

我和曲艺有情感

上北京　下江南

全国会员抓发展

各种活动来举办

牡丹奖　咱承办

山西省第一个

中国曲艺之乡的成功申办

是我们老中青三代曲艺人一起出力流汗

感谢大家对我的支持帮助和关爱

借此机会

我任省曲协驻会副主席秘书长期间

服务不周的地方

还请各位多多包涵

从事曲艺工作

使我的人生多了一份圆满

少了一份遗憾

今后常联系我喜欢

省文联十一层右拐弯

1106 室是我办

我愿为曲艺事业继续添瓦加砖

在习总书记的领导下团结奋战

荡起曲艺的航船

在新的起点上启程扬帆

祝我们的曲艺事业辉煌灿烂

捷报频传

祝各位老曲艺家们青春永驻

寿比南山

祝大家的家庭幸福美满

工作生机盎然

祝大家明天的归程一路平安

2016 年 12 月

新起点

——记山西省文联八届五次全委会

省文联八届五次全委会在此举办
我们的讨论秩序井然
大家都是真情实感
李书记的报告创新发展

回顾一年来
弘扬社会主义核心价值观
管理在完善
行动更规范
一百五十多场培训班
两千多位新骨干
扎根人民挑重担
书法美术摄影展
音乐舞蹈是模范
民间文艺和杂技
电影电视和戏曲
艺术沙龙更典范
受益人数好几万
文联工作大发展

方方面面都点赞
望今后新的起点上攻坚克难
团结奋战高峰勇攀

2017 年 1 月

对照人民的期盼

—— 在全省宣传文化系统"两提一创"督办
会上的发言

"两提一创"在宣传文化系统举办

宣传部　出方案

文联立即听召唤

动员会　要大干

石书记把省委宣传部精神传

和主席　讲方案

学习加点又加班

问题要找准　措施要完善

对标、对表、对照人民的期盼

走出去　走下去　出力又流汗

围绕核心价值观

搞好一轮艺术培训班

书协美协牵头办好书画展

第一阶段来督办

简报出到第十三

2017 年 3 月

演讲点赞

——在省测绘局演讲比赛上的发言

山西省测绘地理信息局
把纪念建党 96 周年演讲比赛举办
鲁书记请我来做裁判
首席评委感到了肩上的重担

选手们个个激情昂扬
不同侧面讲了测绘的艰难
测绘事业不平凡
不畏险　不怕难
去了青海又上五台山
勇敢去把珠峰攀

今天的演讲不简单
"两学一做"是模范
撸起袖子加油干
测绘精神我点赞

2017 年 6 月

再观电影《焦裕禄》

党员、群众看了《焦裕禄》

都很动情感

在共产党员心目中

他是人民公仆的典范

在人民群众眼睛里

他是雪中送炭的父母官

从他踏进兰考

目睹车站的凄惨

群众的苦难

挑起了一个共产党员肩上的重担

牛棚下　问寒问暖

和农民朋友促膝交谈

暴雨中　身先士卒

带领人民群众挖渠排灌

治理黄泛

烈日里　一马当先迎着困难

植树造林　根治沙滩

就连那风雪交加的夜晚

他也是在寻找根治"三害"的方案

生命的最后一刻

想的是兰考的面貌如何改观

焦裕禄
这样的好书记
人民内心喜欢
群众拍手称赞
老百姓看了把他来盼
新时代中国特色社会主义事业
需要这样的人带头去干

干部们看了泪下潸然
受到的教育非凡
不忘初心　息息相关
牢记使命　代代相传

2017 年 10 月

坐公交

早晨七点半
乘坐公交去上班
来到广场站
人员已爆满
有的人手拿牛奶和鸡蛋
有的人把报纸看
更多的人朝着东方望眼欲穿

先来了 859 又来 903
1 路起点火车站
广场才是第一站
开往下元是一段
全程用时比较短
上去站一站
迎泽桥东下车就到机关
乘坐这趟很划算

并州饭店第二站
上来一个人很精干
手拿卡对着票箱来回转
好像不知道怎么办

司机告诉他对着这个杆
他还是放在了显示板
大家用异样的眼光把他看
一个小伙往前站
领导我来刷你来看

大家纷纷议论谈
公车改革成效展
反腐倡廉攻难关
领导也乘公交去上班
群众满意开怀暖

2018 年 9 月

难　忘

——在山西省文联副书记石跃峰退休座谈会上

参加今天的座谈

我的心情复杂非凡

曲协工作八年半

和石书记的相处不一般

又严肃又温暖

虽然那时不分管

重大活动出面办

到长治　下江南

牡丹奖的成功申办他频频点赞

全国优秀曲协我发言他笑容灿烂

二〇一四年五月二十三

我来到了机关党委办

石书记直接把我分管

党建工作领着我们大干

中心组学习率先垂范

党费管理出方案

党员发展严把关

带领参赛往前站

演讲体育都夺过冠

艺术沙龙培训班

不仅培养了骨干

成了省直工委的学习典范

工青妇和统战

井然有序棋一盘

精神文明创建不负众盼

他和我们并肩作战

下乡慰问写对联不畏严寒

法治建设出力流汗

各类专题活动勇挑重担

群众路线"三严三实"加点加班

"两提一创""三基建设"专项巡视挑灯夜战

纪检工作不好干

惹人的事情他常办

今天的座谈开启了您新的驿站

愿书协工作更加圆满

祝您心情舒畅身体健康

作品多多　艺创辉煌

2018 年 11 月

文联一天

去单位上班
树上鸟与蝉
公交加散步
心里好喜欢

文联大楼像双塔屹立巍然
晋宝斋招牌靓丽一目了然
进门有保安
一楼画挂满
省直文明单位标兵
心里暖

文明创建　轮流值班
打扫卫生　擦擦地板
画框上的灰尘掸掸
再擦擦饮水机的台板
大家回到各个处室把公办
各司其职工效显然
一个上午很快完

食堂有午饭

荤菜素菜大米饭

肉卤素卤面条换

包子饼子凉菜拌

白菜木耳麻酱蘸

醪糟紫菜有鸡蛋

水果酸奶常改善

吃完饭转一转

几乎每天都有书画展

楷行草书和隶篆

六尺八尺和丈三

油画版画中国画

人物花鸟和水山

三三两两看一看

欣赏水平大发展

办公室的沙发上缓一缓

下午接着来上班

人心齐聚不简单

喜看文联新发展

初心不忘跟党走

使命牢记扬风帆

2019 年 9 月

俺刚刚四十三

下午下了班
坐公交回家共六站
859、611 人常满
1 路公交路程短
上了 1 路车人不满
就近坐下把手机翻

省人大　人上满
新建路口挤上难
到了大南门公交站
脚都几乎没处站

这时我靠窗往外看
一个女人提着大包步蹒跚
上来往我跟前站
看她挤得出了满头汗
白发苍苍两鬓斑

我立马把座让给她
她四周张望心不安
坐下来抬头把我看

一面问话一面谈

这里到火车站还有几站
妹子我要去火车站
刚才我给坐反了站
非让司机靠边站
司机说过了站可不能站
我只好步行往回返
赶上这趟车再去火车站

我的家在娄烦
三个女儿一个男
来太原打工把钱赚
在建筑工地做个饭
我们农村人不管酷暑和严寒
操劳过度不一般
儿子考上了大专
我回去为他把行装置办

妹子今年多大了
我说大姐你猜猜看
她仔细打量上下观
左顾右盼看了看
你起码小我一轮半
我认真回答五十六岁半
听我一说她赶紧站
哎呀呀

姐妹称呼大弄反

妹妹俺刚刚四十三

2019 年 3 月

"连长"来"视察"

初夏好温暖
周一去上班
今天不一般
闺蜜到我办

晋宝斋　美术馆
山西省第八届群众书法篆刻展
人山人海挤着看
男女老幼争前站

这个展览好壮观
真草隶篆一目览
上下左右都想看
意犹未尽走马观

"连长"举手来称赞
书画展　好"美满"
文联工作好喜欢
老当益壮好好干

2019 年 5 月

话书法评审

二〇一九 九月三
工作需要把办公室搬
搬到省文联 1213
书协同志送来文件让我看

九月四日晚
时间七点半
三晋国际灯光璀璨
山西第十届书法篆刻展
评审工作预备会在这里举办
组委会让我把监审干

全程参加很赞叹
公平公正来研判
评委都是外地的
没有一人晋籍贯

初选工作量大难
专家分组逐张翻
第二轮评选更是难
评委们到点还没吃饭

第三轮取舍难上难
专家们相距三米半

所有的手机统一管
评选过程超规范
入围优秀不算完
面试还要再过关
当面写　当面看
优胜劣汰严把关

灵石天星大集团
能源开发文化传
生态农业康养站
解囊赞助来参办

此项工作成功又圆满
两千余幅作品好壮观
真草隶篆尽展览
评委们　同声赞
篆刻水平不一般
评选展出万人观
书记总结最客观
两个亮点来收官
作品质量第一关
群众满意过了历史关

2019 年 9 月

初心交流随笔

——"不忘初心 牢记使命"交流会上

省委一楼会议厅
交流不忘初心牢记使命
参会人员心里明
登台代表有精神

文联发言站位新
底气十足有水平
《太行娘亲》《于成龙》
文艺新作感人心

真情实感来扶贫
义捐拍卖全入村
文艺初心为人民
牢记使命又创新

2019 年 9 月

致　辞

——在山西省第二届农耕文化论坛上

平定金源国际酒店大红条幅挂满

在座的各位嘉宾神采奕奕气质非凡

全国农产品加工产业发展联盟驻晋工作委员会

第二届农耕文化论坛

在此隆重举办

外面已是深秋的风寒

和大家在一起我感到了春天般的温暖

不知道各位有没有同感

这个集体我喜欢

大家一路故事一路欢

一会儿讲起了黄慕兰

一会儿又讲价值观

星光大道冠军助兴晚餐

农耕文化大论坛

古今中外扬风帆

田园诗歌出方案

各路精英并肩战

省文联　也参战
民协摄协挑起担
回去以后好好干
今天的会就是我们的加油站

我代表省文联祝本次论坛
成功圆满
祝大家身体健康
一切顺安

2019 年 10 月

文联新语

文联面貌新崭崭
三部电梯全更换
卫生间　大改观
宿舍漏水迎泽区办

书记亲自带头率先垂范
领导们身体力行各自把关
各位处长当仁不让勇挑重担
办公室是骨干
组联部是模范
人事处积极肯干
财务文研和老干
常常加点又加班
管理处把机关事务总揽
设备科车队和保安
坚守岗位把责任担
服务台轮流来值班
机关党委常加班
误了接孩子和做饭

调研活动在全省大开展

对文联工作进行新的研判
全省文联上下棋一盘
地市联动求发展

深入生活扎根人民　活动不断
书协美协搞展览
音乐舞蹈大赛观
电影电视高峰攀
杂技摄影要过世界关
曲艺大家挺喜欢
相声小品二人转

《九州诗文》古今谈
《黄河之声》在呐喊
《民间传奇》《中外故事》读者喜欢
《火花》在人们心中不一般
晋宝斋琳琅满目纸墨笔砚和古玩

翻了一山又一山
过了一川又一川
年年月月寄新语
喜看文联新发展

2019 年 10 月

换牙刷联想

二〇一九国庆到杭州
鑫永涛超市促销周
一对牙刷三十九
宣传质量誉全球

可净牙刷智能造
出品江苏在三校
一看牙刷面积大
不加犹豫就买下

妈妈曾说过
有种牙刷头头大
榆次太原都买不下
让我哥外出找寻它

杭州回并州
转眼腊月头
牙刷买回家
没有开用它

颜色很好看
淡得很自然

一支粉来一支蓝
美得让人很自满

打开牙刷看了看
拿着凉水又涮了涮
放在开水里蘸了蘸
握在手里又颤了颤
舒适灵活自如美
操控覆盖力全给

柔和洁齿口腔爽
此时我在心里想
我把粉色的先用上
用坏了我再把蓝的接
把蓝色牙刷包装起
悄悄地又放在了柜子里
男人一般都心粗
不给爱人换
他也不会知道的

没给爱人换牙刷心里毛
辗转反侧睡不好
自己对象自己找
转眼已经三十朝
想初心　为爱情
一无所有出了名
携手奋进到如今

白发已上了两鬓
咱这样可是不行

对我好
他不分春夏和秋冬
爱人惯我尽好梦
好的东西他不碰
自己越想越是不对劲

清早起了个四点半
赶在前头不算晚
他刷牙之前我得换
现在就换他不管
没开灯　摸黑进
爱人觉得我不对劲
跟后头　站门口
又想换　不能换
这事情可怎么办

牙刷一定要给他换
关了门　厕所蹲
拿出蓝　并蒂粉
爱人说是很好用
我又惭愧又高兴
平平淡淡总是情
相濡以沫度人生

2019 年 9 月

小孙女

咱家孙女真可爱
幼儿园里表现乖
听讲回答举手快
示范画画很有派
吃饭睡觉都不赖
运动情商五星盖
老师给了红花戴
快乐成长大步迈

2019 年 9 月

对门儿

胞弟成成到海南
乘十一月十六日晚航班
到了小区十点半
回想之前忙上班
十六年前在自家地下站了站
自带的茶台和锅锅的绳子断
想办法上了楼层三

自家门口一看
加了防盗门和护栏
搬运出了满头汗
这个事情是谁办
是物业　是保安
还是前面的租户惹麻烦
找经理　已太晚
只好先出去住宾馆

茶台锅锅往楼下搬
又出了一身汗
再往皇马假日酒店搬
房间只剩了一间半

花了人民币六百三

住进宾馆心不安
电话打了一圈半
找朋友　情况谈
前面的租户早走完
费用欠了一大摊

已是深夜两点半
出了几套应急案
让爱人准备房本不动产
预订明天早航班

第二天早晨八点半
再回小区看一看
细听屋里有交谈
心里感觉可麻烦
上届租户早已搬
是他的丈母娘卖了房子
这可更麻烦

硬着头皮敲门试试看
开门的女士没打扮
请问这是 302 吗
她回答 302
对门儿
没人占

哈哈哈
原来记错了门牌瞎胡转

2019 年 11 月

王家大馒头

王家大馒头
实在有来头
千年老酵头

想过去
全家老小围炕头
每人撕块大馒头
团结一心有劲头

看今朝
玉梅传承大馒头
各种杂粮掺里头
泉水和面甜心头

吃了王家大馒头
期待各种好兆头
加薪升迁有盼头
盈利暴余望抬头

在单位
组织领导你牵头

在家里
和谐圆满到白头
谈养生
健健康康刚开头
当学生
成绩排在最前头
做生意
财源滚滚不断头

2019 年 11 月

请回答 2019

2019 过去了
2020 来到了
一年一度的述职又开始了
过去的一年干啥了
党组决策英明了
咱们文联换届了
各个处室更配合了
各项工作都发展了
文明标兵单位挂牌了
11 月 25 日我做的机关党委工作报告了
机关纪委工作报告和党费收缴使用报告总结了
该出嫁的姑娘出嫁了
该生孩子的媳妇生下了
该进步的同志进步了
纪检队伍壮大了
纪检书记专职了
我的岗位也调整了

任秘书长以来
领导交办的任务完成了
山西第二届农耕文化论坛参加了

大会上致辞了
书协剧协的评奖我参加监审了
清早干到晚上了
晚上又继续加班了
书记总结客观了
群众满意过关了
九篇作品发表了
《说唱生活》开始了
廉洁自律做到了

2020 启航了
同志们继续加油了
谢谢各位的捧场了
希望大家多提宝贵意见了

2020 年 1 月

阻　击

庚子疫情出武汉
全国人民都防范
火神山　雷神山
天人合一攻难关

白衣战士上战场
有儿有女有爹娘
防控责任紧跟党
为了大家都安康

过年计划有更改
不去旅游家里宅
蔬菜瓜果已采买
丰衣足食迎泰来

封城封路不封心
微信短信报安宁
品茶画画心系民
众志成城抗疫情

新春拜年不用跑

至爱亲朋网上聊

通风洗手戴口罩

预防传染最重要

紧跟中央部署办

科学探　精神传

联防联控疫情过

春暖花开再去转

2020 年 1 月 27 日

抗 击

庚子鼠年疫情泛
短短一月遍地窜
医疗队伍奔武汉
白衣天使责任担
请愿书　指纹按
红红一片很震撼

一班接着另一班
不间断　连轴转
冰凉地面当床板
防护服　身上穿
争分夺秒抗击战
驱除病魔保平安

2020 年 1 月 29 日《看图作文》

反　击

庚子鼠年救武汉
全面发起反击战
党中央　决果断
湖北武汉书记换
各省结对来包干
增派医护责任担

尽锐出击总攻战
部队接管火神山
多学科　会诊探
核酸检测早诊断
方舱医院不一般
分类收治严把关

应收尽收歼灭战
治愈危重攻克难
地毯式　排隐患
疫苗制造不怠慢
抗疫药物快生产
中西结合灭"新冠"

社区农村保卫战

广播喇叭做宣传

大数据　网上传

健康绿码手机判

互相监督都当班

谁不配合依法办

自我防护主动战

日常消毒成习惯

你一碟　我一盘

用上公筷分了餐

防控意识提标杆

野生动物咱不沾

众志成城大决战

共产党员是骨干

严防控　抓复产

国民经济要发展

世界各国刮目看

神州春天更灿烂

2020 年 2 月

再说王家大馒头

庚子春天刚开头
武汉疫情抬了头
白衣战士站前头
抓魔头

我说王家大馒头
抗击疫情记心头
洗手通风排前头
带了头

你说王家大馒头
传承千年老发头
戴着手套吃馒头
有来头

她说王家大馒头
历史悠久有说头
走西口时带馒头
甜心头

又说王家大馒头

防止传染咱带头
戴着口罩蒸馒头
早开头

还说王家大馒头
想吃不去店里头
网订就送家里头
记心头

再说王家大馒头
抗疫生产抓两头
人大代表带了头
送馒头

举国上下控源头
人民战争并肩头
困难面前不低头
昂起头

2020 年 2 月

老头儿到海南

老头今年五十三
之前从未到琼玩
弟弟为他心里欢
郑重发出邀请函
内心感到超温暖
决定全家聚海南

住在海南好好玩
皇马假日年夜饭
正月初一订了餐
马上开始选航班
定了直飞九点半
元月十九到美兰

时间过了一小段
接信取消此航班
自动换了中转班
弟弟一看红眼班
他和外甥电话谈
这个航班必须换

经过协调又加款
机票又涨一千三
终于换成直飞班
到琼下午六点半
座位选排在第三
老头心里挺喜欢

豆面荞面笨鸡蛋
绿豆黑豆长凝蒜
莜麦灌肠麻糖粘
红豆小豆羊肉串
陈醋小米烧肉丸
油糕苹果带海南

黄背心绿短袖儿
粉色衬衣蓝外套
针织T恤戴帽帽
马甲裤子一套套
白色耐克脚上穿
卡其新鞋过年换

感冒胶囊上清丸
红霉素膏氟哌酸
藿香正气驱蚊散
常用药品有人丹

充电器　要带好

剃须刀　不能少
喝水杯　装进包
毛巾牙刷和牙膏

到了小区快九点
迷了方向乱转圈
不知南北和东西
只好停在酒店前
里面出来一姐姐
领着向前一点点

弟弟家里很温馨
宽敞明亮配置新
茶台茶具颇有品
冰箱装满显真情

这里环境实在好
椰子挂树窗外绕
千种花　万种草
短袖裤衩内外跑

空气全优确实美
呼吸好像在洗肺
窗外一望看到水
满眼都是绿微微

一闭眼睛亚龙湾

天涯海角梦里看
日月广场想转转
海甸岛上盼看看

一想想了一月半
宅在家里电视看
学做饭　勤洗涮
手机刷屏常相伴
淘宝京东和美团
网上采买成习惯

椰子芭蕉香樟树
猴面包树凤凰木
三角梅　多枝竹
杧果槟榔万寿菊
油棕白兰龙血树
荔枝橄榄和莲雾

小孙女　最有趣
爱看虾跳爱看鱼
画画实验学英语
常和大树比高低
创意椰子成熟时
爸拿篮球打上去

小区花园天天转
数了电灯数楼盘

几乎数清每块砖
各样摄影不间断
戴着口罩留遗憾
这些都得怨"新冠"

门口公交始发站
停满汽车不动弹
秀英港　多眼馋
环岛高铁白沙滩
海棠湾　更没看
海南还需再来转

2020 年 3 月

素　描

我叫张月军
名字像男是女生
中共党员汉族人
学校出来到农村
山区中学教语文

一九八三调回城
共青团榆次市委新长征
一干就是八年整
第一篇全国获奖作品学赖宁

一九九〇又一春
开启工作新人生
宣传部度过十五个春
各种风景夏秋冬

多项职务一圈转
就是没把部长干
支部教员新路探
"评说"讲课成示范

一九九八五二三
正式挑起文联担
拿起笔　基层转
调研论文登报刊

报告文学发出来
先进人物树起来
文联日子好起来
各种奖项领回来

金奖银奖组织奖
人民文学优秀奖
人事部　大词典
第十一卷入了编

三篇文章写大地
常家老城留印迹
后沟古村普查记
合著作品成大器
调查范本传世纪
高教出版成奇迹

二〇〇四难忘记
全国文联经验交流会发了言
代表全国两千多个县
全国县级文联是唯一

二〇〇五到省文联
工作乐章开新篇
曲协工作八年半
少儿曲艺创新篇
中国曲艺高峰论坛是首席
曲艺牡丹奖长治设赛区

曲艺之乡沁县首办
马街书会下河南
中部六省井冈山
各种赛事夺了冠
"上海会议"把山西赞
优秀团体经验谈
巴黎中国极目看
山西带队参了战
收徒仪式咱承办
曲艺继承要发展

二〇一四五二三
党委纪委回机关
秘书长　新挑战
曲艺创作从未断

郭健书记精研判
《说唱生活》把名冠
曲种赐予新生命
作品赋予鲜味品

创作之路融真情

敬请各位多批评

2020 年 7 月

踏雪寻梅　　探微知著

探微知著

解读后沟古村落农耕文化价值

当世界进入 21 世纪的今天，经济全球化步伐加快，工业文明的浪潮把农耕文明席卷而去。于是中国文联、中国民间文艺家协会在 960 万平方公里的国土上，对 56 个民族"大到古村落，小到荷包"发起了"中国民间文化遗产抢救工程"。2002 年 10 月 1 日，笔者荣幸地参加了中国民间文艺家协会抢救工程采样组的工作，并陪同时任中国文联副主席、中国民间文艺家协会主席的冯骥才先生带领的 19 人专家考察团来榆考察，在认真学习、分析、研究专家提出的提纲的基础上，第一批进驻东赵乡后沟村展开了对农耕村落民俗文化的普查。在搞调查做文章的过程中，许许多多的人问我：后沟究竟有什么？此文将从文化的广角去探视它极深的文化底蕴和内涵。

一、后沟的文化地位及精神意义

新世纪是社会转型的时期，经济全球化、信息化、市场化和民主化这四大国际性潮流，把人类推向一个高速快变的时代浪潮面前。随着中国加入世界贸易组织，知识经济将把人类带入一个崭新的时代，高新技术、新型人才和资金在跨国流动，含价值观念与生活方式的跨文化对话、交流、引进与渗透已成为中国今日的时髦。公司、股票、工厂、汽车、别墅……扑面而来，入时的穿着打扮，先进的网络通信，地球顷刻变小。什么是文化？霍夫斯泰德把文化定义为"我们思想中集体的，能够把一类人与另一类人区别开来的思考程序"。著名学者冯骥才讲，中华文化有两部分，一半是精英和典籍的文化，另一半就是民间文化，包括民俗、民间文学和民间艺术。我们正迎来文化开放的时代，各类外来文化疯狂地进入了我们的生活。大中城市里，根系最深、乡情最浓的老街正在被无情地拆除，大城市郊区和沿海发达地区祖祖辈辈生息繁衍的老村正在悄然消亡，古朴的黄土高原，延续几千年的窑洞民居也正在坍塌或者被填平。现在的社会现象是：外来文化大于本土文化，时尚文化强于传统文化，民族民居与建筑艺术正急剧嬗变，民间的织锦、服饰、印染工艺正濒临危境，民间的工具、工艺品正不断消失，一些非物质的民间文化也正日趋沉落，整个民间文化面临着冲击与考验，后沟也一样。

然而，在这个大潮中，我们走进了"春种一粒粟，秋收万颗籽"的农耕时代；走进了男耕女织，日出而作、日落而息、驴碾场、人推磨、穿着布底鞋、吃着五谷粮，住着土窑洞，坐着牛拉车的自然状态；走进了凝聚中华民族心血并濒临消亡的活态文化，后沟所代表的传统农耕文化在中国乃至世界已为数不多。

二、后沟的文化资源及生活特征

后沟村位于黄土高原，南依阴陵，北环秀水，山势绵延，古木参天，沟壑纵横，平地极少。春播、夏锄、秋收全部用农业现代化生产中罕见的手工农具，他们靠天吃饭，在这里人与自然和谐共处。

独立式土窑洞围成的四合院与三合院构成了他们传统的民居文化，复式窑洞、靠崖式窑洞依稀可见；大门的装饰抱鼓石、门枕石、门楣等样式千姿百态；依门、照壁和正窑墙壁上的砖雕神龛精美别致；进屋的第一个窑洞做饭，连炕火的沿用、柜上的几件青花瓷器都给居家增添了几分古朴的气息。

老百姓吃的是自家种的近四十个品种的五谷杂粮，蒸、煮、煎、烤、炸共计六十多种烹饪方法。清早一般吃小米粥儿山药蛋，鸡蛋拌汤炒不烂；中午是莜麦面栲栳栳割糕糕，绿豆面抿圪斗流尖尖，荞麦面圪垛儿焖饼饼，白豆面剔八姑油墩墩；晚上吃两米米稀饭熬上豆，三擦油烙饼就上肉。节日、生日、满月、做寿、婚宴时，凉菜热菜满桌子，舅舅来了动筷子；面食主要是饺子、麻狐、蒸窟恋、脆饼、拉面、油蝴蝶。面塑很有名，比如孩子过满月，姥娘送的窟恋上就捏着"九石榴一佛手"，守住亲娘永不走，以祝福小儿长命百岁。自己种植的新鲜蔬菜品种繁多，只豆类就有十几种，冬春两季，干菜、腌菜、储存菜应有尽有，其中腌酸菜、干萝卜最有名。吃野菜是他们的习俗，他们讲：野菜野，家菜家，家菜没有野菜香，野菜下火保健康，笨鸡儿下蛋能顶粮。真可谓：六畜兴旺五谷丰，家家养羊羊成群。

后沟人们衣着舒适方便，有中山装、西装、中式等，花样繁多。他们的服饰有点怪，人人都系红腰带。手工绣花鞋垫垫，穿上外刹鞋（布鞋的一种）踢键键，小闺女梳辫辫，小伙子装着花片片（手绢）。年轻姑娘戴耳环，老年妇女把头盘。老头儿脚上布袜子，老婆儿身上对门子。全用棉布做下鞋，圆口、方口、松紧带。手绣在这里流行，图案繁多，色彩艳丽，有蛤蟆抱砖，生下儿子做官；龙凤呈祥，万事吉祥等。妇女头上那块围巾，形成了后沟独特的风景。

他们进城、赶集、赶会、串亲戚、回娘家，有时骑加重自行车，有时步行，有时坐蹦蹦车，有时还坐毛驴车、牛牛车。墙上挂一斗、地下卧一狗的农家气氛吸引煞人。梨、灌肠、酒枣儿是后沟特产。闺女编筐箩，男儿烧砂锅，枣儿梨儿实在多。原始的物物交换在这里，时而可见。

这里长寿的人多，他们的秘诀是：每餐少一口，饭后百步走，睡觉不蒙头，不把私利求，早起和早休，淡食素食多，不嗜烟和酒，能活九十九。

　　与农业生产相关的传统节日，一年有几十个，特别是二十四个节气都有着独特的过法。贴对联、贴门神、打年糕、酿酒、扭秧歌、舞龙灯、打太平鼓等让人目不暇接。

　　周易文化在这里很有魔力，专家认定整个后沟建筑坐落在一幅八卦图中，金木水火土各执一方。村中起房、盖院、选坟址都请阴阳先生看风水，婚丧嫁娶都择日子。后沟人信仰多种宗教，现有七十五户，二百五十多人，一千一百多亩的土地上，曾经东有文昌阁，北有真武庙，南有魁星楼，现存有观音堂、菩萨殿、关帝庙、土地庙多处古建筑。他们供奉天地爷、灶王爷、财神爷等三十多种神，现在仍有人请神婆看病，他们深信神能保佑风调雨顺、国泰民安。祭龙王祈雨，就是一种全村性祭祀活动。后沟人分散在龙门河北岸住，龙门河南岸的观音堂里，靠北面上首那间是龙王爷的神堂，每逢干旱，全村人从这里抬起龙王爷去祈雨，传说龙王爷性情暴躁，刚请时总下冰雹，后来请他妈来管束，才变成雨，从此凡是行动，必须母子同行，一直相沿至今。传说，当初从太原请了龙王回村，路过龙田村时场面壮观，一个闺女从房上掉下来死了，称龙王叫去做了媳妇，从此后沟和龙田结成了神亲，龙田人也常请女儿、女婿祈雨。祈雨时场面神秘隆重，十六个人抬着龙王爷神像，全村人不分老小全都跟着游街，这天谁也不能喝酒、吃肉，不敢穿鞋，全光脚戴上柳条编的头箍跟随队伍，最前面的四个人敲鼓筛锣开道，随后是年长者手执香火，队伍中有人担着水用葫芦瓢舀出来向众人泼，嘴里念念有词，人们像淋雨一般，一直闹到中午，然后在太阳下供起神像来，供品摆在木碟子里，满满一桌子，这样闹七天。

　　后沟村从农耕、服饰、交易、饮食、居住、家族、诞生、成年、结婚、殡葬、信仰、医药、游艺、交通等方面形成了自己的一套全方位、链条式的功能齐全的民俗文化，再加上它的自然和活态，是华北、中国乃至世界独有的。

三、后沟的文化融合及旅游优势

中国民间文化遗产抢救工程已被列为国家社科基金特别委托项目，后沟文化的规律、功能、特点、结构都具有极强的代表性，古村落活态文化严密神圣自成一体，它的唯一性不可模仿，不能再造。固守中华文化的根脉，守望民间，是我们开拓新的文学艺术主体发展空间的新契机，是开发旅游的新亮点。我们在快速融入世界文化多样性而文化重心发生倾斜的时候去哪里寻找重心？本土文化是一张不变的王牌，本土的民间文化是一个民族精神情感的载体，是民族特征的直接表现，是民族凝聚力之所在。随着现代化的进展，人们对自然环境的污染越来越恐惧，对城市的喧闹越来越不安，渴望田园般的清新、宁静的生活和对自然的回归，我们要利用游客心理做旅游，利用优势做旅游。如果把后沟与晋商文化融合在一起，找准它们的嫁接点，把后沟融入提升城市形象丰富地域文化的特色活动中去，让人们参观晋商大院的时候就想到后沟，这将对后沟的旅游业发展起到重要作用。如果说晋商的几个大院是商人挣了钱以后一种张扬的做法的话，后沟则是隐居村，它更隐蔽、更神秘，一个"吊桥院"足以说明它当时的实力。"经理院""将军院"和二十四节令都可以大做文章。

那么后沟如何与市场经济结合形成产业链呢？第一，设立后沟名誉村民。村民可按户分配土地二分，春播、夏锄、秋收一年最少来两次以上；或分给一个大棚，这样能拉动旅游。第二，把窑洞装饰成不同档次、规格的居住场所，既供参观，又供住宿，还可再建一部分星级窑洞，销售给名誉村民。第三，在后沟集中生产山西的民间文化布贴、堆锦、面塑、泥人、布老虎、木雕、版画、粮食画等。完善健身娱乐等功能设施，餐饮业上借鉴北京"西贝莜面村"的经营策略。

在冯骥才先生的指导下，我们将二十个选项分三个步骤，采用了对全村七十岁以上的人逐一调查，通过问卷、座谈、随机抽样的形式普遍调查，对周围村落走访调查，写出的《后沟农耕村落民俗文化普查纪要》，虽然作为范本入选在《中国民间文化遗产抢救工程普查手册》上，并于 2003 年 2 月 18 日北京人民大会堂召开的中国民间文化遗产抢救工程新闻发布会上首次与读者见了面，但是八万多字的调查笔录，还远远不能反映后沟的文化内涵。只有发动社会力量去运作，榆次、后沟才能走向世界，这也是我们的责任，我愿尽自己努力为后沟开发尽一分力量。

（此文于 2003 年 4 月《晋中论坛》首次发表，2003 年 4 月《民间文艺之友》发表，2004 年 4 月参加中国文联等九单位主办的第三届中国世纪大采风活动中获金奖，并辑入中国文联出版社《世纪华章：第三、四届中国世纪大采风优秀作品选》。）

基层文联的苦与乐

　　歌德有句名言："一个人即使驾着的是一叶脆弱的小舟，但只要舵掌握在他的手中，他就不会任凭波涛摆布，而有选择方向的主见。"我一直非常喜欢这句话。

　　或许是天遂人愿，1998 年 4 月，我到榆次市（今为晋中市榆次区）文联做主席。好心的朋友劝我：文联没钱、没权、没面子，那也算单位？如果说有清水衙门这一说法的话，文联可是干旱衙门，只有傻子才去。实地一看，我真傻了眼，文联被冷落在郊外一座旧办公楼的偏僻角落里，脏污不平的楼道，玻璃破碎，门窗歪斜，仅有的三张办公桌上铺满了厚厚的尘土。连我在内文联共有六人，其中三位副主席，本应"扶正"，但由于多种因素，组织上把我派来了，他们三人不约而同地都不来上班。在这种情况下，我的爱人骑着自行车带着我，打着雨伞，冒着冷冷的春雨到这三位副主席家中拜访。资历最老的副主席对我说："我 1962 年就从山大艺术系毕业了。"第二位副主席讲："我创作了 40 万字的长篇。"第三位副主席讲："我是报社副总编来的。"我对他们说，我一没有特长，二是个外行，但我有一颗真诚的心。白天到单位上班，要电话费、暖气费、卫生费的人来了，要植树款的也来了……回到家，我埋头痛哭，我有什么错，会被贬到这里？好心人又劝我："抓紧离开这里，越快越好！"为此，我彻夜难眠。没有钱，没有人，没有威，我该怎么办？我反复问自己。让清醒的头脑做出理智的选择，既然组织上选择了我，我就与文联有了不解之缘。在文联这叶小舟上，我就是舵手，只有干好！这才是我理智的选择，这才是我的性格。

正在此时，一位副主席突然患了脑血栓，我多次找市长，从文联的困难讲到文艺在历史和现实中的作用，当我谈到"这位画家的艺术门派是世界唯一"的时候，市长被感动了，当即批复了医药费。年底，我又安排这位副主席赴京参加了残疾人艺术家座谈会，并派他儿子陪他去，他激动得热泪盈眶，紧拉着我的手："月军，我支持你！"在我和大家的真诚相处中，文联的人终于拧成了一股绳，文联的工作渐入了正常轨道。

没有人怎么办？

文联首先是联络人。要把社会人才网罗到文联，把优秀人才充实到文联。成立榆次音协成为突破口。通过筛选、选举、考察，一位在当地有一定声望的退休音乐教师担任了主席，这是榆次撤市设区后文联成立的第一个协会，省、市、区领导前来祝贺。当年5月23日便成功举办了"纪念毛泽东在延安文艺座谈会上的讲话"大型文艺晚会。接着，摄协、书协、美协、剧协……一个个协会悄然成立。从摄协开始，我们的目光聚焦到了"老板"们身上，采用公开竞争的方式，选举春光摄影集团董事长担任摄协主席，收藏家"锅炉大王"担任民协主席。这样使一大批既有专业知识，又有经济实力的优秀社会人才凝聚到了文联的旗下。协会成立之后的一系列活动既赢得了社会的广泛认可，又受到了市领导的充分肯定。我又抓住机构改革的机遇，主动找时任区委书记耿彦波要人。不久，区领导派来了年轻的大学生，并聘请文艺界的内行担任副主席，文联由6人增加到14人。

没有威怎么办？

人有了，文联的形象如何树起来，文联的价值又如何体现，成了一个新的课题。我们围绕区委区政府的工作中心，服务大局。在榆次文化旅游发展崭新的一页上，文联参加了从中国儒商——常家庄园的保护开发到榆次老城的抢救整修，从山西省首届民间艺术节的举办，到东赵后沟民间文化普查等活动，特别是在榆次举办的第六届中国民间艺术节的申办筹办工作，处处有我和文联同志们的汗水。

山西是一个文化资源大省，建成文化强省是省委、省政府既定的发展战略。由中国文联倡导、冯骥才带领的"中国民间文化遗产抢救工程"考察团到后沟古村落进行考察。以我为主体的榆次文联承担了农耕民俗调查，根据专家列出的提纲，我们住农家、吃农饭、访农户，三个月不分昼夜，没有节假日，集中完成了《后沟农耕村落民俗文化普查纪要》《后沟民间文化》等调查报告，共计20万字。2003年2月18日，北京人民大会堂召开的中国民间文化遗产抢救工程新闻发布会上，《后沟农耕村落民俗文化普查纪要》被列为范本，成为指导中国民间文化抢救工程的课本。东赵后沟从此在全国出了名，榆次文联也出了名，不久前召开的全国抢救民间文化县（市）长论坛上，再次成为热门话题。我创作的《解读后沟古村落农耕文化价值》一文在国内多家新闻媒体发表，并获"中国世纪大采风"调研类金奖。文联的作者们以群体走向市场的同时，又参加了全国性多种征文活动，获得了不同层次的奖项，一支年轻优秀的创作队伍迅速形成。我创作的《为了这片绿》《路，在爱中延伸》等作品，获得了全国"新世纪之声""中华大地之光"和中国作协、《人民文学》举办的征文金奖和一等奖。广播、电视、报纸新闻媒体的频频报道，人民大会堂的多次领奖，省地市领导的亲切接见，让我的心如江涛澎湃，天道酬勤！

2003年，榆次决定申办第六届中国民间艺术节，我多次赴京参加筹备申办事宜，使名不见经传的榆次在众多申办城市中脱颖而出。最终第六届中国民间艺术节得到上级、群众、社会的高度评价，榆次文联获得本届艺术节集体组织奖。

没有钱怎么办？

如何将文联的优势转化为发展先进文化的力量，市场运作是生存的关键。我组织文联全体人员认真学习不断"充电"，把手中的笔伸到了经济第一线，使一个个企业家的创业史生动地展示在世人面前，从而使他们成为我们的好朋友，工作上给予我们热情支持。我们的笔下出了不少"五一劳动奖章"获得者，其中有一位"锅炉大王"，趁他去北京开会之际，我因势利导，又将六十幅书画家的作品卖给他。此事当即便传到北京，因此，他的锅炉订货量大增。值得一提的是：他收藏的画，市场价格一再攀升，也激起了他收藏瓷器、玉器、古玩的热情，他成为当地小有名气的收藏家。这时，书画家们也愿意和我们靠近了，许多书画作品，通过我们的努力，传到北京、上海、沿海城市及韩国、日本等地。书画作品有了市场，经费也就有了来源。有了经费，协会的活动办得有声有色，文联的积累也就不断增加。省文联也支持我，并且在第二年省文代会上，把我的创新写进了章程。领导的鼓励，上级的支持使我如鱼得水，市里组织的重大活动赞助方案文联出，冠名赞助文联找，喜迎"十六大"800米展线的大型图片展，耗资 10 万元，财政不需出一分钱，全部由文联承担。更值得骄傲的是，榆次老城修复竣工后，不要政府投资，文联就组织了"三个一千作品展"，即一千幅摄影展，一千幅书画展，一千件民间手工艺制作和珍品收藏展，使整个老城极富文化内涵并红火起来。

有人说你是"巾帼不让须眉"的社会活动家。我却不这样认为，我是一名普通得不能再普通，平凡得不能再平凡的女人！

一名普通的最基层的文联工作者，我带领大家就是凭着坚韧的毅力、辛勤的工作、强烈的事业心和高度的责任感，办成了别人办不成的事，就是靠市场化运作，产业化发展，凝聚力量，感召人心，树立了文联的新形象。如今在榆次，文联就是名片，文联就是门票，文联就是通行证！我们坚信：没有比脚更长的路，没有比人更高的山！

　　（此文于 2004 年 11 月在全国文联工作经验交流会上发言，收入《美好回忆盛世华章——庆祝中国文联成立 60 周年我与文联大型征文集粹》一书，中央文献出版社 2009 年 11 月出版。）

建设"中国曲艺之乡"品牌的思考

曲艺是一门综合性、实践性很强，运用口语进行说唱的舞台表演艺术，是中华民族艺术宝库中一颗璀璨的明珠。我们所说的"曲艺之乡"，是指特别适合曲艺的生存和发展并且长期以来就发展得很好的地方。具体来说，就是适宜于生成各类曲艺品种，拥有广泛坚定的曲艺受众，曲艺的传统积累比较深厚，曲艺的艺术影响比较深远，曲艺的事业发展比较蓬勃。这既是一个空间概念，又是一个文化概念，同时还是一个品牌概念。

近十年来，山西着力打造了一批立得住、叫得响、传得开的文艺精品。据不完全统计，我省文艺界共获国际、全国、省部级各类文艺、艺术奖项达五百多项。从文化曲艺产业的迅速发展，到逐步完善的曲艺文化体系，从艺术精品涌现的文化沃土，到曲艺文化魅力四射的良好态势，山西曲艺事业在这片充满厚重文化和历史的三晋大地上，有了长足的发展，并正在逐渐打造可以"扎根山西、放眼全国、走出世界"的品牌。

回望山西在"中国曲艺之乡"品牌的创建过程中，我们更加认识到曲艺是来自民间、面向社会、服务大众的艺术，可以说曲艺的"根本"在基层，"命脉"在民间，"魂魄"在群众之中。"中国曲艺之乡"品牌建设应在保持焕发曲艺活力的同时，着重持续建设。

建设"中国曲艺之乡"品牌，就应该突出一个"乡"字

在"全球化"时代逐步到来的同时，几乎所有的传统艺术包括我们的曲艺，都是在一定范围内生成并且传衍的。正如大家通常所说的那样，它属于"乡土艺术"，借用"一方水土养一方人"这句俗谚的表达方式，我们也可以说"一方水土养育一方艺术"。而作为传统艺术门类之一的曲艺包括各个具体的曲种，无不由于方言方音生态材料以及文化传统等生成因素的影响，在诸如语言语音、唱腔曲调、伴奏乐器、表演形式、节目内容和审美风格等方面，具有各自的乡土特色。建设"中国曲艺之乡"品牌，就应该突出一个"乡"字，要背靠"乡土""乡景"，面对"乡亲""乡里"，演出"乡音""乡情"，弘扬"乡韵""乡味"。作为中国民族传统文化的重要组成部分，曲艺在民族土壤中扎下了牢固的根基，以其独特的民间性、大众性、通俗性、多样性，在不断满足人民群众日益增长的精神文化需求方面发挥着极为重要而特殊的作用。比如说山西这十年来，从中宣部"五个一工程奖"到"国家舞台艺术精品工程奖"，从中国戏剧"梅花奖"到文化部"文华奖"，等等，依托"乡土"，带有"乡韵""乡味"的"晋"字牌的戏剧、曲艺、杂技等表演艺术领域里出了不少精品力作。在山西，群众性曲艺活动生机勃勃，写曲艺、演曲艺、听曲艺逐渐呈现出良好的发展态势，许多反映百姓现实生活、群众喜闻乐见的曲艺节目应运而生，全省共有 48 人荣获中国戏剧"梅花奖"，其中四人荣获戏剧"梅花奖·二度梅"称号。这在山西戏曲史上是最值得骄傲的十年，因为"梅花奖"得奖人数山西位居全国第一。可以说，深厚的曲艺文化底蕴、浓郁的群众曲艺氛围和独特的乡土地域特色，为山西"中国曲艺之乡"品牌奠定了

基石，创造了条件。

"中国曲艺之乡"品牌的"乡土"气息来源于基层，来源于群众。因此，山西在创建"中国曲艺之乡"的过程中，立足现实，狠抓基层打基础。在"中国曲艺之乡"品牌的创建中，都要依托于广泛而深厚的群众基础，下大力气，满足人民群众的精神文化需求。山西举办的小型曲艺研讨、交流、比赛、展演等活动，都是创建"中国曲艺之乡"品牌的重要基石，它们面向基层，汲取乡土气息，贴近百姓、服务群众，营造出了喜庆热闹、欢乐祥和的浓郁文化氛围，为"中国曲艺之乡"注入了充沛的人文精神。在创建这一品牌的过程中，山西曾开展了多个主题鲜明的大型文艺活动，如"庆祝中华人民共和国成立60周年情系三晋海内外山西儿女书画作品展"、"庆祝省文联成立60周年全国名家书画摄影展"、迎奥运全国书画大赛、第二十五届中国戏剧"梅花奖"大赛（北方赛区）、中部六省曲艺大赛、华北五省市（区）第三届舞蹈比赛、我们的节日——中国首届清明节主题活动、第六届中国民间艺术节和第八届中国民间艺术节等。"中国曲艺之乡"这一品牌，正是通过曲艺活动的蓬勃开展，才更有利于普及曲艺知识、弘扬传统美德，有利于倡导良好社会风气、促进社会和谐，有利于践行社会主义核心价值观，为推动社会主义精神文明建设做出新贡献。曲艺不仅仅是专业人士的舞台呈现，更是广大群众愉悦心情的自身需要，离开了民间，离开了乡土，离开了基层，曲艺必将失去内在生存的基础和未来发展的前景。这是我们从中得出的最根本、最深刻、最重要的结论。

建设"中国曲艺之乡"品牌，就应该强化一个"广"字

"中国曲艺之乡"这一品牌，是一个"物理性"和"心理性"并举兼顾的范畴。正是由于"曲艺之乡"的构成具有如此丰富的内

涵，"曲艺之乡"的建设涉及如此广泛的方面，所以，对于它的建设，便不只是一个可以单兵突进的片面过程，而是一个需要统筹兼顾、通盘考虑的系统工程。有必要按照科学发展观的思想和方法来加以指引。换言之，对于"曲艺之乡"的建设，要从历史渊源、文化传统、艺术传承、生态环境包括遗产的发掘整理、人才和受众的培养、学术理论的研究、政策法规的保证、资金与智力的投入、机构场所的建设等方面综合配套进行，否则，便很难做到名副其实和切实有效。

如今，已有近 43 个"中国曲艺之乡"（曲艺创作培训基地）蓬勃发展。2009 年召开的"中国曲艺之乡"建设经验交流会，为促进"曲艺之乡"创建工作的健康发展注入了新的动力；2011 年首届岳池论坛的举办，既是对全国创建"中国曲艺之乡"品牌的阶段性梳理，也是对"中国曲艺之乡"未来发展的全局性的深入探讨和前瞻性的理论思考；2011 年"中国曲艺之乡建设委员会"的正式成立，更标志着中国曲艺之乡的评定、管理和服务工作迈上了一个新的台阶。文化的发展离不开特定的经济、社会的发展，离不开具体的历史条件和现实环境。在中国新的历史条件下，更应该有效发挥曲艺作为"文化轻骑兵"引领社会风尚的重要作用。

"中国曲艺之乡"这一品牌要想创建好、发展好，就应该深入挖掘其品牌内涵，在"广"字上做文章，充分发挥其品牌效应。可以尝试通过以下思路在"广"字上求发展：一是"命名挂牌"活动来"画龙点睛"，赋予那些已经成熟的"曲艺之乡"以现代文化发展的独特品牌内涵，为其在新世纪新时代的健康持续发展，提供影响和能量；二是大力培养"曲艺之乡"的专业人才，激励并推动曲艺创演，在不断推出大量富有艺术魅力的曲艺节目的同时，进一步吸引和壮大曲艺受众，努力发挥曲艺在满足当地群众精神文化生活方面的积极作用，以此强化曲艺的价值与地位；三是出台相应的措施，通过建立各种的组织机构包括曲艺表演团体、教育研究机构和传承保护机构，建立相应的演出与活动场所，投入相应的创作及事业发展资金等，为"曲艺之乡"的健康发展提供适宜的社会生态条件；四是着眼未来，走可持续发展的品牌之路。促进"中国曲艺之乡"全面协调发展，没有基本的必要的资金支撑和物质保障是不行的，建议设立专户，成立中国曲艺之乡发展基金，充分利用国家给予基金的各项优惠政策，面向社会募集资金。建设"中国曲艺之乡"品牌，应当是让曲艺扎根于群众之中，得以弘扬下去，应当是在提升一方百姓生活质量中发挥不可替代的作用，应当是在各级党委政府的领导下，以改革创新为动力，为服务地方经济全面、协调、可持续发展提供智力支持和精神支持。

建设"中国曲艺之乡"品牌，就应该坚持一个"新"字

"中国曲艺之乡"作为中国曲协和各地曲协共同联手打造的一个重大文化品牌，是新形势下开展基层曲艺工作的重要载体、有力抓手和可靠依托。但是，我们必须清醒地认识到，要真正形成一个有品位、有质量、有影响、有口碑，并且立得住、叫得响、传得开、留得下，深受人民群众喜爱的文化品牌，不是一件容易的事情。"中国曲艺之乡"是一种荣誉，更是一种责任，切忌牌子到手，创建到头。要想创建好、建设好，就必须坚持一个"新"字，为其不断注入新内涵、新思想、新思路，保持永远的活力。

"中国曲艺之乡"要在发挥曲艺创演交流平台作用方面突出"新"字。体育靠比赛，艺术靠交流。在经济快速发展的今天，要提高曲艺在当代文化艺术之林中的竞争力和影响力，进一步推动曲艺的创作演出交流就成为一项十分紧要的重大任务，并且应该不断更新载体，突破常规，以群众喜闻乐见的形式进行交流。各地曲艺之

乡坚持开展的一系列品牌活动，为曲艺创演和交流提供了有效的平台和载体，借助"中国曲艺之乡"这个大平台，能够进一步加强和促进曲艺创演交流，也为各地曲艺事业的发展注入新的活力，在互相学习和真诚探讨中，实现各地曲艺事业的整体推进。同时，需要具备深邃的历史眼光和宽广的世界眼光，齐心协力提升创作演出质量，推动曲艺在更高层次、更大范围上发挥作用，扩大影响。

"中国曲艺之乡"要在发挥曲艺成果展示作用方面突出"新"字。"中国曲艺之乡"自创建以来，为弘扬民族民间传统优秀文化、发展地方曲艺事业做出了积极贡献，尤其是在抢救曲艺遗产、挖掘整理传统曲目、扶持中青年演员、活跃文化市场、服务人民群众等方面成绩斐然。从曲艺作品的创演，到曲艺文化的传承，再到曲艺人才的培养，基层曲艺工作呈现出许多新创造、新亮点。在这一品牌的建设过程中，我们尤其应当注重对优秀作品商标权和版权的保护，对有特色、有新意的作品及时通过职能部门申请商标注册、进行版权申报。

"中国曲艺之乡"要在发挥曲艺文化传承基地作用方面突出"新"字。曲艺是民族方言表演艺术，地域性很强。近年来，随着中国非物质文化遗产保护工作的深入开展，特别是2011年6月《中华人民共和国非物质文化遗产法》的颁布施行，曲艺非遗保护也显得特别重要。当地内含的文化品格和文化观念是曲艺文化遗产生存的最好环境，应当注重保护代表性传承曲种所具有的历史性、地域性和民族性特质。同时，更应当在丰富和活跃当地文化生活中继续发挥曲艺的作用，使古老的曲目有人排练演出，使活跃的曲种有人学习传承，使群众需要的新节目有人创作表演，从而使曲艺非遗保护与中国曲艺之乡建设相互促进，共同发展。

创建"中国曲艺之乡"这一品牌，不能半途而废，要坚持下去，要不断创新，踏准社会前进的鼓点，唱出时代风云的激荡，心情舒畅干事业，聚精会神创品牌，努力把"中国曲艺之乡"打造成一个叫得响、立得住的大品牌。

（此文于 2013 年 3 月在《山西文艺界》首次发表，2013 年 10 月被评为第二届中国曲艺家协会"中国曲艺之乡"（岳池）论坛优秀论文一等奖、第三届中国曲艺高峰（柯桥）论坛优秀曲艺理论（评论）文章，2014 年入选中国曲艺家协会曲艺高峰论坛并获一等奖，2014 年 5 月在独家全国性曲艺月刊《曲艺》刊登。）

曲艺创作应面对娃娃

——关于当代曲艺的责任与追求

接到中国曲协关于举办"当代曲艺的责任与追求"理论研讨会的通知，笔者思绪万千。历史地全面地对它进行分析，并围绕这一主题，应从哪方面入手？辗转反侧，还是注重调查才能掌握真正的发言主动权。所以，我们在时间紧任务重的情况下精心组织了座谈、走访，制出了1000份调查问卷，随机抽样700名学生，300名家长（社会各界人员）进行问卷调查，现将调查情况真实地记录反映如下。

一、从曲艺的现状看，曲艺创作面对娃娃迫在眉睫

我之所以说面对娃娃，是因为孩子是祖国的花朵、社会的未来、明天的希望。在对小学生的调查中，92%的孩子喜欢曲艺。在喜欢曲艺的人群中又有94.9%的人认为娃娃题材太少，88.7%的孩子认为学习曲艺没地方没老师，84%的孩子认为电视节目中曲艺太少。90%的孩子喜欢唱歌跳舞，88%认为自己会唱歌、跳舞，但是只有18%的孩子认为，自己会曲艺中的某种技能。90.7%的孩子认为，只要有机会他们愿意学习不同种类的曲艺：相声、小品39%，快板11%，快书9.6%，说唱3.7%，评书5.1%，二人台5.9%，三句半18.3%，数来

宝 2.9%，琴书 1.5%，单弦 1.5%，坠子 1.5%。今年某市组织录播一台"六一"晚会，导演说：家长们千方百计要求自己的孩子上晚会，歌舞云集，而曲艺节目好不容易才选出一个，大部分县都是空白。

在对学生家长的调查中，95.3% 愿意让自己的孩子学曲艺，因为曲艺从器材到服装都省钱，94% 的学生学习歌舞是因为歌舞班多，有的地方因缺乏创作队伍已将曲艺划分到了主持人班的技能课中。这说明，如果我们把创作倾斜到娃娃题材，扩大到学校的课外辅导，或者"让曲艺走进学校"，曲艺才具有生命力。而我们的现状是，从事曲艺创作，特别是娃娃题材的人员少，年龄结构失调，一些年轻的作者为了生计，不愿从事这项事业，基层曲艺工作者缺乏基本的工作条件，待遇低，所以人才流失严重。在"您是否从事少儿曲艺创作"问题中，答案为"是"的只有 1 人。在与他的座谈中发现，他是一名老干部，原来在部队从事曲艺表演，退休后有固定的收入，这是他一生的爱好。在"您喜欢创作曲艺节目吗"问题中，22.7% 的人喜欢，36% 的人认为自己常常有曲艺题材的灵感，但是 34.7% 的人"从脑海中一闪而过"。没有作品哪来的演员。以上数据告诉我们：如果曲艺创作不抓娃娃题材，可能曲种会越来越少，甚至濒临灭绝和失传。

再从 2006 年"全国少儿曲艺大赛"看，节目之精，表演之新，收视率之高，影响之大，出乎主办单位的意料，这次比赛推出了一批具有思想性、艺术性、观赏性的好作品，以崭新的时代特色和精神面貌展现在屏幕上。2006 年 12 月，中国文联、共青团中央、全国少工委、中央电视台、中国曲协联合主办的"中国娃爱曲艺"全国少儿优秀节目汇报演出中，山西七岁娃郝紫薇表演的山东快书《捡钱包》是我们的骄傲。整场演出深受小观众和家长们喜爱，至今意犹未尽，领导们给予了充分的肯定，特别是创作，令人耳目一新。在"你喜欢 CCTV 播出的全国少儿曲艺大赛吗"问题中，96% 的孩子喜欢，98% 的家长喜欢，90.7% 的教师喜欢，这三个数据使我们看到了希望，得到了启示。

二、从曲艺与社会的关系看，曲艺创作面对娃娃生机无限

首先，针对孩子本人来说，他们处于成长和发育期，是汲取知识的关键时期，自牙牙学语开始，一切潜意识的感官活跃起来，这时期给予他曲艺，是对他从小的熏陶、塑造。其次，学校是孩子接受知识的地方，在学校第二课堂开设曲艺课，建立曲艺基地，既有现实的及时效应也具有长远意义。再次，古人云"学高为师，身正为范"，教师是一个地区有较高素质修养和知识水平的群体，具有一定的影响力和号召力，紧紧抓住教师这根弦，是今天的需要，也是为明天负责。莎士比亚说："人的生命有两种留下，一是留下子孙，一是留下著作。"我们应该留下什么？曲艺，民族的魂，是活态的文化，培养他们就是把著作留给了子孙，是活态的文化，正如《西游记》《红楼梦》一样，流芳百世。再说，孩子既是家庭的，也是社会的。从孩子与社会周围的群体来看，娃娃在每个家庭是一颗引人注目的星。"人间最美和最动人的声音是孩子的声音"，如果我们将这声音变成曲艺的声音，出现在每个家庭，爷爷奶奶爸爸妈妈姑姑叔叔……每个孩子牵动一大片，也是对家庭成员的间接渗透，效果会事半功倍。由此再辐射到社会，形成个人——家庭——社会的有机统一。

在"你喜欢歌曲？小品？相声？"一栏中，学生中有95.3%都填喜欢，4.7%填其他；在"你现在手握电视遥控器，有青歌大赛、舞蹈大赛、小品大赛、相声大赛时，你选什么？"一栏中，56%选小品，26%选相声，12%选青歌，2%选舞蹈，4%选其他。座谈会上，一位33岁的私营企业家踊跃发言，他说首先看小品，第二看相声，如果这些不好看再看青歌大赛；一位在校大学生说，小品相声是首

选，然后把其他也扫一遍。一位 63 岁的老太太说她要看小品相声、戏剧，因为她喜欢赵本山、宋丹丹、姜昆，青歌不看，舞蹈更不看，她从小在学校宣传队里说快板，《曲苑杂坛》她常常看。可见，社会上对曲艺的呼声越高，曲艺创作面对娃娃才越具有潜动力。

三、从曲艺的未来看，曲艺创作面对娃娃前景远大

曲艺的未来，是要代表先进文化的前进方向，遵循曲艺的特点和规律，落实科学发展观，科学认识新形势下的新文化对曲艺的要求，用新的视野看待曲艺的地位、职能、作用和发展途径，认真分析和把握曲艺与兄弟艺术融合发展的新趋势，把准不同阶层的群众对曲艺文化消费的新要求，着眼于曲艺事业整体队伍建设和人才培养，着力于曲艺事业的发展与产业壮大，促进曲艺的创新和繁荣。在这个全球一体化的时代，信息化、市场化的国际潮流，无疑把曲艺推向一个高速快变的时代，曲艺的未来不只是能够生存、有饭吃就可以了，曲艺的明天是走向世界。那么走向世界的车轮是什么？是娃娃，是孩子！从西方一些国家来看，他们对孩子素质培养方面追求全面性，立足现在，放眼未来，在培养孩子自觉学习方面很有一套。我们国家也要借鉴，如果我们的教育手段到位，娃娃们学习曲艺有地方、有老师、有作品，未来的明天属于他们。试想，在美丽的悉尼大剧院的一场演出，在维也纳金色大厅一场晚会，中国演员用漂亮的世界语说着相声，演出小品……引起全场轰动是什么效应？但如果只会世界语上网交流，没有曲艺的基本功、表现力和现场感，我们曲艺的路是否会越来越窄呢？这次全国少儿曲艺大赛告诉我们，文艺创作一定要深入贯彻中共中央关于加强未成年人思想道德建设的有关精神，从娃娃抓起，这也是曲艺创作的热点和焦点。

为此，我们认为中国曲协将把少儿曲艺大赛做成品牌，年年搞，

这是非常好的举措。我建议再增加一些创新曲种奖。在山西，我们已经与企业家联系，准备在景区建一所一流的"少儿曲艺学校"，由他们出场地、出资金，聘请全国曲艺名家来此上课，这对老一辈曲艺家来说，是使他们一生的积累传承下去的平台，对娃娃们来说，是在第二课堂与全国各地名家零距离接触的机遇，对曲艺本身则是很好的宣传，对晋商文化也是一种宣传。设想在山西成立"少儿曲艺协会"，隶属于省曲协，办小会员证，有会员证的免费听课，参加比赛和活动，长大后顺理成章成为省曲协会员。我们还计划成立"曲艺票友协会"，把热爱曲艺的人们组织起来，如家长入了会可以和孩子们一道免费参加活动、听讲课、搞表演。曲艺在我们手中不能丢失，让我们只留遗产，不留遗憾，让曲艺真正走进千家万户。

综上所述，曲艺创作面对娃娃是紧迫而长远的社会责任和义务，也是时代与历史赋予我们的神圣职责和光荣使命，我相信，曲艺的明天会更加美好！

（此文于 2007 年 4 月入选由中国曲艺家协会、中国艺术研究院曲艺研究所共同主办的第二届中部六省曲艺大赛暨"生活与思想"——当下曲艺创作研讨会。2008 年入选中国曲艺高峰论坛，2008 年 6 月刊发于《文艺新观察》。）

曲艺教育要面对娃娃

——多元文化格局下的曲艺

今天，全球信息化使整个世界顷刻变小，多元文化格局迅速形成，曲艺文化很快传到世界各个国家，曲艺作为中华民族各种"说唱艺术"的统称，其历史源远流长又深受人们喜爱。从古至今，我国民间的说故事、讲笑话，宫廷中弹唱歌舞、滑稽表演，到现在的春晚，最受观众喜欢的都是曲艺的艺术元素。

教育作为培养新生一代准备从事社会生活的整个过程，是人类社会生产经验得以继承发扬的关键环节。人的政治思想、行为习惯、劳动技能乃至信仰的形成都离不开孩童时代的教育。人常说，三岁看小，七岁看老。要传承并发展曲艺，娃娃的教育显得尤为重要，抓住娃娃才是抓住未来，才是抓住曲艺发展的根本。曲艺教育是一项长期的、艰巨的历史任务，笔者就多元文化格局下的曲艺教育，做出如下思考。

一、曲艺作品的创作要面对娃娃

曲艺作品起初是由民间口头文学和歌唱艺术经过长期发展演变形成的一种独特的艺术形式。据我所知，如今少儿曲艺的专业创作者寥寥可数，就连参加"第四届全国少儿曲艺大赛"的 50 个作品的创作者绝大部分也是业余作者。无论"专业""非专业"作者，都是由于自己的生活与儿童生活有紧密联系，才突发灵感或蹲下身子跟儿童对话，以儿童的视角探索儿童的内心世界。曲艺作品要改变以成人的视角创作儿童曲艺作品的现象，创作的作品首先要从艺术性上能表现当代孩子的学习和生活，这才能让孩子们感同身受，从而引发强烈的共鸣。现在有些成人作者有一种错误的观念，认为儿童文艺作品就是简单地讲道理。实际上现代的儿童是具有极高的审美和感悟能力的，他们知道哪些作品"好玩极了"，哪些作品"无聊死了"，如：他们最喜欢的《喜羊羊》《奥特曼》从形象的设计到语言的应用，说明了儿童作品的创作更加不简单，我们要大力鼓励作者用儿童的视角、语言去创作动画片形式的曲艺作品，这样才能得到儿童的呼应和认可。一部作品要想打动小观众，其人物一定要写出彩来，如老舍先生说的："必须抓住矛盾最尖锐的地方去充实去发挥，这样一定会感动人，人物也能写活了。"否则就不会得到观众的认可。曲艺作品要写得通俗易懂，尤其少儿曲艺作品的作者应从少儿的生活中学习他们的语言，并且提炼语言。此外，儿童曲艺作品要短小精悍，适合儿童演唱，句子不宜过长，否则孩子们上台表演时会很疲累，台下小观众也会坐不住的。因此曲艺作品的创作要面对娃娃。

二、曲艺表演人才的培养要从娃娃抓起

教育有广义和狭义之分。我讲的曲艺教育是教育者根据曲艺的社会要求和受教育者的发展规律，有目的、有计划、有组织地对受教育者的身心施加影响，期望受教育者发生预期变化的活动。曲艺教育的本质，就是指曲艺教育作为一种社会活动区别于其他社会活动的根本特征，它反映出曲艺教育活动固有的规定性也就是其根本

特征。

传统曲艺，最为讲究师承相继。艺人要想公开卖艺，必须先认"门儿里头"的一位艺人为师，举行拜祖师爷、拜师父的仪式，懂得"门儿里头"的规矩、行话，否则经不起"门儿里头"同行艺人的"盘道"，就有被人抄家伙（乐器、道具）的危险。艺人也多出自卖艺世家，出生起就耳濡目染，练就一番"童子功"。而我讲的曲艺表演人才的培养，不是狭义的，是广义的，包括师承教育在内的远程教育、网络教育、公开教育，还有和其他学科的交叉教育等各种现代教育手段。院校曲艺教育是培养人才的阵地。随着国家对曲艺这一优秀的民族文化遗产逐渐重视，曲艺教育已进入了高校，进入了中小学课外活动，而进入中小学课堂的呼声也越来越高。新中国成立以来，我国相继恢复了苏州评弹艺术学校，建立了中国北方曲艺学校，部分省市艺术学校都开设有曲艺专业。调查发现，热爱曲艺的人越来越多，人们对曲艺的热爱程度也越来越深，所以，近年来社会上成立的不少私立学校都开设了曲艺课的专业教育，如：山西省新兴国际学校就排练了以《三字经》为代表的千人快板，宣传国学，很受家长的青睐，并成为该学校的招生亮点。我们也计划尝试，以曲协名义主办开设一所曲艺学校，请名家来给娃娃上课，不时举办各种活动，还要承办各种高端庆典。曲艺教育经历了从无到有，从小到大，逐步拓展的过程，我们就是这个过程的实践者。现在的娃娃要学习的门类太多，我们的曲艺不能输在起跑线上，曲艺表演人才的培养要从娃娃抓起。

三、曲艺的未来与发展要靠娃娃

曲艺是十分重要的传统艺术门类，更是非常典范的非物质文化遗产形式。然而长期以来，曲艺的独特审美价值和宝贵文化品格，一直没有得到足够而又充分的重视、发掘、认知和评价。进入 21 世纪以来，随着经济全球化和社会现代化步伐的不断加速，竞争成为社会的主流，作为我国非物质文化遗产，曲艺的生存与发展，面临着严峻的考验。这种基于农耕文明形成和发展起来的传统艺术，生存与发展遇到了空前的困难与挑战。一方面，这种基于传统土壤的审美创造形式，较难适应现代观众的欣赏习惯；另一方面，现代开放的社会形态，急剧改变着其赖以生存和发展的文化生态，传统断裂、后继乏人的现象十分严重，亟须我们通过传承保护加以继承和弘扬。那么，传承与发展不是说在嘴上，需要我们动脑筋、想办法，在竞争中立于不败，就是要抓住人才的竞争，解决思想保守、观念守旧与曲艺发展的突出矛盾。一是编制规划，整合资源，制定目标任务。从大曲艺的思维出发，把全国四百多个曲种的顶级人物请出来，发挥"大拿"的潜力，集中力量，集中时间，统一分期分批住在创作基地，制定出一套切实可行的保护传承方案来。二是寻求合作，互相交融，吸纳社会资金。好的思路决定好的结果，方案出来之后，首先要力求政府的支持，其次要发挥曲艺人的优势和人格魅力，广泛寻求合作伙伴投资到曲艺事业的发展和继承上来。三是确定试点，拓宽渠道，探索有效途径。在目标任务的正确指导下，发掘典型，探索新路。也就是在全国的各省市投资培养各个曲种的典型，培养一批娃娃，不能盲目发展，一哄而上，注重点面结合，以点带面，这样我们才是为自己热爱及从事的曲艺事业实实在在地做一件事。

曲艺的传承要靠我们，曲艺的发展要靠孩子，曲艺的未来要靠娃娃。

（此文于 2011 年 10 月入选中国曲艺家协会"第二届中国曲艺高峰论坛"。）

肩负传承使命　实现"中国梦"
努力开创曲艺事业新局面

各位领导、各位来宾:

在党的十八大和十八届三中全会精神的鼓舞下,山西省曲艺家协会紧紧围绕中国曲协第八次全国代表大会和董耀鹏书记的讲话,乘东风,定目标,做规划,抓落实。

一年来,我们在中国曲艺家协会的领导下,在基层各单位的大力支持和全体曲艺工作者的共同努力下,坚持"二为"方向和"双百"方针,坚持贴近实际、贴近生活、贴近群众的原则,组织参加承办曲艺类各种品牌活动,实施非物质文化遗产保护工程。为了实现繁荣曲艺、弘扬民族文化的"中国梦",做出了努力,取得了成绩。现在主要从以下几个方面向大家汇报。

一、搞好队伍建设,让曲艺人才聚起来

我们高度重视人才队伍建设,深入实施人才培养工程,着力营造有利于人才培养的良好社会环境。在我省各市整顿队伍,把全省的老、中、青曲艺人才团结起来,建立了少儿曲艺人才库,从娃娃抓

起。在由中国曲艺家协会、天津市文联、天津市武清区人民政府联合主办的首届"武清·李润杰杯"全国快板书大赛中，我省选送的刘宸旭、解关一合说的快板书《孙悟空三打白骨精》获一等奖。11月，参加了在天津市和平区中华曲苑举办的"首届'和平杯'华北五省市区曲艺票友邀请赛"，我省选送的弓瑞、耿麟表演的相声《山西好声音》和刘引红表演的长子鼓书《小两口回娘家》获得"十大名票"称号，师大江、赵泉尧表演的相声《自白》和栗四文、赵丽芳、申彩宏表演的沁州三弦书《笑声飞出刘家坪》获得优秀表演奖。

把社会上懂经济、爱曲艺的人才也吸收进来，把曲艺管理人才、创作人才、表演人才都聚起来，把我们的队伍建设成为结构合理、年龄比例适宜的优秀队伍，并定期组织培训班，请全国著名专家讲政治、讲文化、讲业务，使曲艺家协会真正成为曲艺工作者的家。2013年刘兰芳、董耀鹏、姜昆、籍薇、李金斗、于兰、戴志诚、陈寒柏、刘全利、刘全和、邵峰等著名艺术家都到过山西。

二、抓住阵地建设，让曲艺热起来

为了让曲艺人才有展示才华的舞台就要有阵地，我们在市级健全了曲艺家协会，做到了有人员，有办公场所，有牌子。以上三项作为硬指标，我们还在县级成立了部分曲协，特别是把市级曲协的牌挂在了县级景点。全国会员可以在这里免费食宿，曲协会员、企业家、社会人士皆大欢喜。比如晋中市曲艺家协会在平遥世界非物质文化遗产国家级 4A 旅游景点"洪善驿"成立挂牌，中国曲艺家协会副主席、山西省文联副主席、山西省曲协主席马小平和在晋的省曲协副主席全部参加，场面宏大，前所未有。沁县于 2012 年被中国曲艺家协会授予"中国曲艺之乡"称号，今年又被山西省文联、曲协授予"曲艺创作基地"称号。"太原市曲艺团成立暨曲艺创作基地"挂牌，邀请著名曲艺家李金斗为顾问，"大同数来宝创作基地"挂牌，"山西省少儿曲艺创作基地"在晋城市挂牌，"临汾市小品创作基地"挂牌，同年11月，在平遥"洪善驿"，山西省文联、山西省曲艺家协会创作基地隆重挂牌，这一年内共有六个创作基地挂牌。今年我们又在长治县创建了山西省第二个"中国曲艺之乡"，组织了"送欢笑 到基层"活动。

一手抓指标，一手抓阵地，电视、广播、网络处处可以看到曲艺的人才，曲艺的节目……山西曲艺人才得到社会的尊重，有了实现自我价值的空间。

三、依托精品创作，让曲艺形象树起来

曲艺创作的繁荣是曲艺事业繁荣的基础，我们努力建立出精品、出人才的运作机制和激励机制，深入创作研究，抓精品创作，树品牌意识。正月十一，我们组织三个节目参加了中国曲艺家协会在河南举办的"马街书会"，其中由马小平创作，弓瑞、耿麟合说的相声《山西好声音》获一等奖。7月，曲艺创作研讨会在山西省首家中国曲艺之乡（曲艺创作培训基地）——沁县召开。2013年曲艺研讨会旨在及早创作更多的优秀曲艺精品节目，为筹备"2014年全国牡丹奖曲艺大赛"参赛节目奠定良好的基础。会上，曲艺创作人员宣读了自己的作品，共有20个曲艺作品亮相。为奉献更多更好的曲艺作品和时代经典，以精品吸引人民，以精品凝聚人心，我省四人参加了"第五期全国曲艺高级研修班"学习。本人创作的榆次评说《给力"神"医》，倡导以爱国主义为核心的民族精神和以改革创新为核心的时代精神。

四、扶持曲艺遗产，让特色文化亮起来

我们积极挖掘、抢救濒临灭绝的曲种，健全网络机构，成立山西曲艺文化遗产抢救委员会，对七十岁以上的老艺人抢时间，进行整理、录音、录像、制作光盘等，积极扶持老区及边远贫困地区的曲艺发展，把握正确导向。其间陵川钢板书，被列为国家非物质文化遗产。在"中国十艺节"上，我省精心打造的盲人钢板书《退钱》，通过预赛、复赛、决赛，获得"全国第十六届群星奖"。

山西沁州书会鼓曲唱曲优秀曲目展演，于2013年6月在长治市沁县举行。参加展演的曲艺团体有沁县的盲人曲艺团、秀芳说唱团、二虎说唱团、彩英说唱团、武乡县曲艺团、襄垣县俊华说唱团以及晋城市陵川县盲人曲艺队等七家曲艺团体，参演的曲艺形式有沁州三弦书、沁州鼓书、武乡琴书、襄垣鼓书、陵川鼓书等多种。山西省曲协为参演的曲目颁发了优秀演出奖奖牌。历时三天六场的沁州书会鼓曲唱曲精彩表演深受当地百姓和游客的喜爱，书场观众场场爆满，观众累计达四万余人次。今年沁州书会体现出三个特点：一是主办单位为省曲协，曲艺进入了主角；二是观众之多胜过往年，往年书场人数一般可达四五千人，今年听书看书人数剧增，每场可达七八千人；三是书台搭建有特色，以往书台搭建都没有顶棚，下午演员演出时常在太阳下暴晒，今年的书台不仅搭建了顶棚能遮太阳光，而且还装饰了"曲艺广场"LED醒目标识，古色对版与宫灯的点缀更使书台像一个古戏台，古色古香，风格独特，为书会增添了色彩。遵循曲艺发展规律，形成团结和睦、共同扶持曲艺文化遗产的良好氛围，让富有时代特色、山西特点的曲艺传承下去。

五、提升活动质量，让曲艺品牌大起来

山西省曲艺家协会深入贯彻"三贴近要求"，持之以恒、深入实际、深入生活，组织各种形式的活动，如李鸿民收徒仪式暨从艺60年山东快书专场纪念演出。2月、3月组织人员出方案，请外地演出的艺术家，联系本地的艺术家，联系李鸿民老师的学生、弟子及山东快书的精英和骨干，经过节目编排、集中排练阶段，3月29日，在山西省京剧院，李鸿民的弟子演出了一次精彩纷呈的山东快书。3月30日，著名山东快书艺术家李鸿民收徒仪式场面宏大，大力弘扬了山东快书的影响。中国曲艺家协会分党组副书记、副主席董耀鹏，副主席马小平，著名曲艺家朱光斗等老艺术家代表、专业团体人员、曲艺新人等共计一千余人参加。《曲艺》杂志给予大幅刊登。3月29日晚，山西省京剧院，参加李鸿民专场晚会的中国曲艺家协会领导、山西省文联、省曲艺家协会领导为"中华山东快书山西分会"成立揭牌。

一是以高水平的山西风貌，参加全国曲艺的各类活动。7月，参加了中国中部六省曲艺大赛。我省由马小平创作，弓瑞和耿麟表演的相声《山西好声音》获一等奖；由李彦生、师大江、阿峰和赵全尧创作表演的群口相声《才艺大比拼》和由乔俊宝创作，李磊、裴晋卫表演的群口快板《中国梦》获二等奖。组织参加了在中国曲艺之乡——岳池县举办的"第二届中国曲艺之乡·岳池论坛暨第二届'岳池杯'中国曲艺之乡曲艺大赛"系列活动。本人的论文《建设"中国曲艺之乡"品牌的思考》被入选并结集出版；沁县县委常委、宣传部部长、县政府副县长郭爱斌介绍了沁县曲艺之乡建设的经验、做法以及所取得的成效；沁州三弦书《笑声飞出刘家坪》获曲艺大赛金奖。

二是承办全国大赛及大会。9月初，全国曲协会员发展管理服务

工作暨组织建设研讨会在山西稷山隆重举办。中国文联党组成员、书记处书记李前光，中国曲协主席姜昆，中国曲协副秘书长曲江华及全国各省市、自治区、武警代表参加了会议。中国曲协文艺志愿者服务团进行了"送欢笑——走进山西稷山"专场演出，著名表演艺术家姜昆、马小平、郭达、戴志诚等为稷山送上文化大餐，中央电视台著名主持人鞠萍主持了这场晚会。山西省文联党组副书记、副主席石跃峰参加了开幕式，并做了热情洋溢的讲话。

六、坚持求真务实，让曲艺事业火起来

山西省曲艺家协会受党和政府的重托，肩负着神圣而光荣的使命。在由中国曲艺家协会、巴黎中国文化中心、法国华商会、法国《欧洲时报》主办，文化部、中国驻法大使馆、中国文学艺术界联合会支持，《中国艺术报》协办的"巴黎中国艺术节"，于2013年7月1日至7月6日在法国巴黎隆重举办。中国曲艺代表团由中国曲艺家协会副主席、山西文联副主席、山西省曲艺家协会主席、著名曲艺表演艺术家马小平带队。巴黎中国艺术节北方曲艺专场分别为法国观众和在法华侨表演了两场。我省迟银寿、富越武表演的二人台《走西口》《挂红灯》；王海燕表演，付利智、屈彩亮伴奏的潞安大鼓《割肉还娘》；刘引红表演，李广树伴奏的长子鼓书《小两口回娘家》，精彩纷呈。这些节目是经过千挑万选出来的精品，演员们又进行了精心准备。巴黎中国文化中心主任、法国华商会会长、巴黎省省长、法国《欧洲时报》主编、《中国艺术报》记者、前法国驻华外交官、文化部、中国驻法大使馆、中国文学艺术界联合会等领导与法国观众一起观看了演出。场上掌声、笑声、欢呼声连成一片，法国观众时而紧锁眉头，时而捧起手帕，精彩的表演受到了法国观众的热评。演出结束后，观众站起来热烈欢呼，并和演出人员合影，

亲切交谈，迟迟不肯离去。演员们深深地感到：山西曲艺能走出国门唱响巴黎，真是没有想到，演员们备受鼓舞。汉语学家、法国前总统萨科齐的翻译激动地盛赞："看你们的演出，原汁原味，真是太过瘾了！"真可谓，山西曲艺唱响巴黎，艺术没有国界。山西文联、山西省曲艺家协会获得组织奖，并在山西省目标责任考核中为省文联加了分，得到省委的肯定。

一年来，我们做好联络、协调、服务、策划、组织、参与、抢救、挖掘、整理工作。山西老中青曲艺工作者对曲协是满意的，社会对曲协是满意的。回顾过去的工作，在得到充分肯定的同时，我们也清醒地看到当前曲艺事业总体现状与广大人民群众日益增长的文化需求、与其他艺术门类发展的步伐、与党的要求还有不少的差距。实践告诉我们，建设队伍、提高素质，加强曲艺工作，长远规划迫在眉睫，大力促进曲艺队伍的大团结，紧紧依靠广大曲艺工作者的智慧和力量势在必行！

（此文为笔者在 2014 年 2 月 26 日上海召开的全国曲协工作会议上，作为全国优秀团体会员代表山西省曲艺家协会作典型发言。）

战友，何时回？

各位评委，各位来宾：

我们每个人心中都有自己的偶像，也许你痴迷足球，马拉多纳、贝克汉姆，也许你痴迷乒乓球，刘国梁、瓦尔德内尔，也许你痴迷篮球，姚明、乔丹，也许你痴情文学创作，鲁迅、琼瑶，而我心中的偶像却是普普通通的兵。

每当我看到八一军旗升起的时候，每当我走进绿色军营的时候，一种敬仰之情、仰慕之感油然而生。

提起著名爱国抗日将领吉鸿昌，他的英勇善战曾让敌寇闻风丧胆、心惊胆战。在他被迫离开祖国的日子里，他的随从害怕受歧视，遭迫害，不敢承认自己是中国人，吉鸿昌知道这件事后，非常气愤，马上用毛笔写了一个大牌子，上面写着五个大字："我是中国人！"挂在脖子上，昂首走上大街。在当时那种特殊的情况下，一个中国军人能有这样的举动，我不禁为之拍案叫绝："好样的，中国军人！"

也许是职业的神圣，也许是使命的神圣，董存瑞、邱少云、黄继光、雷锋，一个个军人的壮举铸就了八一军旗的魂。在这个信息时代、在这个思维方式发生根本改变的年代，我要给大家讲述一个真实的故事。

那是去年中秋节的晚上，月亮是那么的圆，小区院子里聚集了三三两两赏月的人。这时，我的邻居李大妈穿着新衣服，一面张望大门外，一面高兴地对我们讲："我儿子要回来了，我亲手做了一个硕大的月饼。"为了欣赏这个大月饼，我好奇地走进了她的家。首先映入眼帘的是家里挂起了串串灯，她的宠物小狗甜甜也穿上了新衣服，摇起了可爱的小尾巴，这时，一股香味扑鼻而来，桌上摆满了各色菜肴，有炒豆角、汆丸子、炸油糕、煎鸭蛋，还有红烧肘子、清蒸鱼、肉末茄子、香酥鸡，特别是中间的大月饼最引人注目。

大妈兴奋地讲起："我像你这么大的时候就喜欢绿色，向往军营，可是由于我家的成分高，几经周折也没能走进部队的大门。"在知识青年上山下乡的号召下，她走进了一个小山村，在火红的年代里，沸腾的岁月中，在众多的追求者里，她还是选择了一名军人。两个人拥有的幸福挽起一份甜蜜，两棵树拥有的绿荫支撑起一片蔚蓝，两只蝴蝶采风的情影追逐着一个远方，她的丈夫牺牲在了老山前线猫儿洞中。在遗体告别仪式上，她拉着三岁的儿子小军痛不欲生地嘶喊："天哪，孩子还小，你怎么舍得扔下我们？"不懂事的孩子竟拉着她的衣襟说："妈妈不要哭，爸爸睡着了，他睡得那么香、那么甜。"在收拾他的遗物时，发现了一份手书，上面写着："我是一名军人，我的儿子大了还当兵。"后来，小军继承了父亲的遗志，穿上了绿色的军装，走进了绿色的军营。在部队这所特殊的学校里，他刻苦训练，样样拔尖。大妈说："擒拿、格斗、驾驶、射击都是第一，前不久入党了，今天又要订婚了，所以我做了六斤六两的大月饼，寓意六六大顺，双喜临门。"

这时候，大妈抬头看了一下墙上的表，抱起小狗甜甜，又神采奕奕地走出了家门。一则电视新闻吸引了我。在执行抗洪抢险任务时，李小军被卷入洪水中……

他的妈妈哪里知道儿子什么时候才能回来？

在没有硝烟的战场上，一名共产党员，一名军人用鲜血为"八一"军旗增添了一片亮丽的色彩，用生命谱写了一曲青春的赞歌。

此时此刻，我要用心高唱：

你是谁，为了谁……

战友，你何时回？

（此文于 2005 年 7 月获全国首届普通话演讲大赛山西省赛区大学生组第一名，在山西电视台播出，并且代表山西军区参加全国"五个一工程"演讲大赛，获一等奖。）

时代撷英

欧阳莫

为了这片绿

　　什么是伟大？上自古帝尧舜，下至近现代孙文、鲁迅、毛泽东、邓小平、钱学森，没有人敢说他们不是伟人。是的，他们都是历史的骄子，亘古的伟人。但今天，我要讲的是一个普普通通的伟人。

　　1998 年 7 月 13 日上午，我偶然被一幕情景所感动。太谷县东庄乡研泥桥头，黑压压的人一片。我们同行的几位同志远远望去，正准备绕道，有一位同志说："过去看看。"在好奇与无奈中，车子慢慢驶了过去。前面大概有三四百人，有老的、小的、男的、女的，有的提着篮子，有的背着筐子……你一言，我一语，你抬头，我张望，一个劲往前挤。其中，有一位老大爷最引人注目，头上扎着白羊肚手巾，油黑发亮的脸，他一边挤，一边喊："让我过去，让我过去！"这时他老泪横流，吸引了众人的目光。他拼命地挤呀挤，挤到一个中年人面前，咚地跪在地下说："不能走啊，不能走！"我被此情此景所感动，一种强烈的职业感把我吸引过去。我下车细看，这个中年人中等身材，瘦削的脸，双眉之间透着一种朴实，身穿白色衬衣，一个劲儿地与人们挨个握手，没有寒暄，中年人一脸憨厚。是来捐资的大款，是来寻根的豪爷，还是下乡扶贫的队员？都不是，我一打听，老乡们争先恐后地说："您一定要好好写写，实事求是写写，让上级领导，让所有的人都知道，我们的好书记——牛九斤。"

一

农民出身的牛九斤，本身就有一种对乡土炽热的爱，十年寒窗苦读，几次参加高考未中，只得依然回到自己的家乡。组织上看到他聪明、踏实，便安排他在县委组织部工作。由于他的勤奋，领导很快提拔他为副局级组织员，晋中地委组织部又授予他"优秀组织员"称号，县委、县政府还给他记功一次。他在机关跟着组织部长，天天能见县长，全县干部对他另眼看待，真可谓有着一份令人羡慕的好工作。然而，他不这样想，他说："党培养我一次，现在还有那么多在贫困线上挣扎的人，我心不安啊！"共产党员这个光荣的名字驱使他主动要求到贫困山区锻炼。按理讲，如果是年轻人想镀镀金，从组织部到哪个乡镇都是近水楼台，而他却选择了东庄。1990年4月20日，他背起了行李，去了东庄。32岁的他是当时全县最年轻的乡长。

二

东庄乡位于太谷县城东南二十里处山区。全乡16个行政村32个自然村，4200多农业人口，总面积12.5万亩，荒山荒坡面积大，1990年人们的生活水平还很低，人均纯收入只有280元，集体经济薄弱，干部素质低，财政混乱，社员拖欠大。山区农业靠天吃饭，等天下雨，下大雨便可能洪水倾泄而下，一片片好庄稼被洪水蹂躏得满目疮痍，大自然在这里显示着强大的威严。学校有86%的员工住着危房……这就是现状。面对这一切，他没有退缩，没有畏惧，而是以积极的姿态、朴实的作风，在村里一蹲就是60天。两个月过去了，他把这里的情况基本掌握了。根据他的调查，全乡耕地1.18万亩，宜林面积4.5万亩，宜牧面积5.5万亩，80%的荒山坡没有很好地利用。面对复杂情况，他提出了"长抓林果，短养牧，决不放松粮工副，抓好科教长远看"的十年规划。目标已定，说什么都是假的，只有脚踏实地才是真的。与众多的人一样，他接受了失败与成功的考验，又与众多的人不一样，他经受了人情世俗的挑战。

开始，他去山西农大，请回了果蔬专家、林业专家、农牧专家，对东庄乡全面考察、整体规划。他一手抓规划栽植，一手抓科学管理，定下了发展生态经济林的路子，并要求以林带牧，以牧促路，全面启动。对一个个专家的到来，老乡们并不理解。他们想：祖祖辈辈没叫过专家，我们照样能生活下去，一辈又一辈，一代又一代，老天不塌，就这活法，白天吃喝，黑夜赌博，热天摇扇子，冷天晒暖暖，毫无怨言，这个乡长来了却尽搞书本上的洋一套。所以，对于专家们的指导意见，干部、群众抵触情绪很大。干部认为：要革咱们的命了，"一拍肩膀、二握手、三抽纸烟、四喝酒"的好日子没了。群众认为责任制挺不赖，蒸馍大米加白菜，搞什么整体规划，种什么梨园、枣林，尽是瞎折腾。在规划的林园内，有赵老汉的一片责任田，里面种着很不适应土壤的五株杨树。整体规划时，赵老汉急了，躺在地里喊："天哪！我的命不好！老伴早逝，留下两个儿子，全家连我三条光棍，这一棵是给儿子娶媳妇做家具用的，两棵是我的寿木，做棺材用的，知道不？坚决不能砍的……"像这样的例子全乡可不只一个，牛乡长看在眼里，急在心上。他想尽办法，托亲拜友，耐心细致的做思想工作，帮助农民转变观念。他到处宣传："我们的目光不能只放在责任田上栽几棵树，要想长远富，规模种树才是路。"他运用了算账的办法：如果一亩荒山种60株红枣树，十年后，亩产1000千克，种5000亩大概创收1000万元。如果中后山每村营造2000亩松树，全乡近万亩，森林覆盖率就可提高20%，如果一亩栽种优质红杏50株，10年后亩产2500斤，每亩收入1250元，发展5000亩，创收600多万元。科学的预算，合理的布局，使广大群众提高了认识，在短短的三年半时间里，全乡以酥梨为龙头的水果生产总面积达1万亩，总产达 250 万千克，栽植枣树 23000 株，花椒树 13000 株，梨树9 万余株等，以干果为主的万亩生态经济林建设形成"前山一线"十公里绿色走廊。东庄的沟沟峁峁、田间地头 83 平方公里的土地留下了牛九斤的足迹，洒下了他的汗水，其中的酸甜苦辣是无法用语言表达的。他的做法受到了县委、县政府的表彰；他的经验被全晋中山区推广；东庄乡被省绿化委授予"绿化造林先进镇"称号。1996 年东庄乡酥梨通过鉴定，荣获省科技博览银奖，大大提高了东庄乡在省内出口创汇的知名度，吸引了大量投资。

三

长抓林果，短养牧，以林促牧。东庄乡气候适中，四季分明，自然资源丰富，宜牧面积大，发展以草食动物为主的养殖业有得天独厚的优势。牛九斤制定了"牧业发展群众化、规模养殖股份化、养殖管理科学化、牛羊实现基地化"的发展战略，并逐步扶持引导牧农向规模养殖发展，改变了传统的一家一户、小打小闹的格局。没有条件的创造条件，有条件的利用条件，扶持了 3 个肉牛基地，10 户养羊专业大户，以绒山羊为主的养羊基地 10 个村，户均 50 只以上的养羊双户110 户，养猪大户 5 户（户均养猪 30 头以上），养鸡大户 3 户（户均养鸡 1000 只），并在建场、技术管理、销售等进行了全程服务，使养殖业向规模方向发展。1996 年，全乡畜牧业存栏数达 3.5 万头（只），净收入 400 多万元，农民得到了实惠。树有了，牧有了，但多少年多少代人畜吃水依然是一个棘手的问题。歌德说得好，"你若喜爱自己的价值，你就得给这个世界创造价值。"牛九斤又一次深入一个山庄窝铺去研究，提出了利用山泉，哪怕是一滴水源也要引到村里的观点。群众有钱了，饮水达成了共识，但资金不足。他狠下一条心，去有关部门求援。为此，他到处奔波，几经家门而不入。村里的人讲，他比当年的大禹还坚定。在牛九斤的努力下，共集资到80万元，其中国家34万元，个人、集体46万元，投工12万个，终于把山泉引到各个村。最远的村达二十里路，靠高压泵送到了各家各户。全乡实现了林到哪里，牧到哪里，水就到哪里，白花花的自来水通到了27个自然村，4270口人、1260头大牲畜的饮水困难得到了解决，浇地的困难也得到了解决。村民们说："这是一件百年大计的好事啊！"就这样，当他和爱人准备好老父亲爱吃的汤圆，拿着要输的液，回到村里时，他家的大门口已经贴上了白纸。他不禁泪水盈眶。真是忠孝难两全，理想与现实的错位，事业与家庭的冲突，不是他所能解决的。为了理想，留下了永远也挽不回的遗憾。

不久，由于他林、牧、水三位一体干得很好，县里决定提升他为平川乡镇党委书记。他拒绝了，因为东庄还有他未办完的事，林、牧产品怎样运出去正迫在眉睫。县委尊重他的意见，继续把他留在东庄乡任党委书记。老地方、新岗位，他二话没说便扑下身子，利用冬春农闲季节，组织发动群众，利用劳动积累工，大搞路面拓宽工程，集中力量，节约开支，进行了大规模的修理，投资75万元，投工14万个，新建了过水桥1拱，15公里四级砂石路，700米乡村柏油路，东庄乡实现了全乡大街小巷道路全部硬化。他敢于动真的、碰硬的，是一把理财的好手；他大胆将原来的16个行政村会计，改为5个联村专业会计，5个会计中选优淘劣又减去三分之二不合格者。由乡农经办统一任免，统一计酬，统一指导，集中办公。"三院一集中"在资金管理上实行了"村有分管""定项限额"的资金使用办法。他还组织了清财小组，共清理村民历史拖欠款18万元，帮助村会计处理"糊涂账"1170笔，共计金额134980元，清查固定资产19865件（只），共计金额169843元，处理废旧固定资产356台（只、件），调处久拖不决的合同遗留问题10余起，查处违纪金2300余元，处理违纪人员3人，并实行了村村"两议五公开"，使群众心里明明白白。

就在这些琐琐碎碎的小事中，他与农民建立了深厚的感情。1996年，该乡人均纯收入达到了1356元，有三个村达2200元以上，比1990年的280元净增1000元以上。赵老汉富了，他的两个光棍儿子都娶上了媳妇，他也找了老伴。

四

面对一连串的荣誉，牛九斤没有歇息，没有休止。他看到这几年东庄乡山在变，水在变，农副业都在变，家也变，户也变，就是学校没有变。看着好多所学校依旧是明朝的桌子，清朝的凳，阎锡山时代的土窑洞。普遍是复式班教学，师资质量差，失学儿童多。乡办中学是二十世纪六十年代的全乡唯一一所中学，学生宿舍、灶房下雨就漏，教室少，容纳不下200个学生。由于村与村之间居住分散、人口稀少，特别是后山地区条件差，老师不愿去……于是，他在全乡全体干部群众大会上讲："世界天天在变化，干啥也不能没有文化。过去贫穷根子就在没有文化，将来的社会必将是一个知识社会。没有文化将失去竞争力，以致无法在社会上立足。我们可以引进外国现代化的先进技术设备，但是没有劳动力素质的相应提高，现代化将是建筑在沙滩上的高楼！每天少喝几杯酒，修盖学校正道走；每天少喝一壶茶，修盖学校为咱娃；每天少抽一支烟，便能盖起好校园。咱一不等二不靠三不伸手向上要，自力更生建学校！"他断然提出在东庄、西峪中心地带人口集中的大村盖两所高标准的寄宿制教学楼学校，解决后山四五年级学生上学寄宿问题，并提出中学、小学一条龙配套，即龙头抓中学、龙身寄宿制、龙尾其他小学，彻底改变山区教学面貌。在山区盖大楼可谓天方夜谭，初步预算达83万。有的群众一时想不通。群众中有人认为，你走你的圪梁，我走我的沟，顾不上说话摆一摆手；你卖你的旱烟，我上我的太原，各顾各富。牛九斤没有泄气，他走遍全乡后山地区17个村庄，把自己几个月的工资带头捐资助教。乡里一班人跟着解囊相助，终于感动了人们，捐款者蜂拥而至。第一所高标准寄宿制学校当年就盖起了！落成典礼时，地区人大常委会主任张松龄当场奖励升降式课桌凳80套，地区教委也奖励1万元作配套设备。1996年，该教学楼正式投入使用，牛九斤又同时出台了教师优惠政策，好教师被吸引过来，后山九个村的教学质量从根本上解决了。群众交口称赞。1996年，牛九斤又在西峪村用同样的标准盖起了第二座教学楼，同时对其他中后山地区的10所小学校进行了翻修，新建校舍46间，维修校舍15间，灶房3套，墙300米，总投资10万元，改建了全省最后一所土窑洞危房学校。在寄宿制教学上，地委书记给予了高度评价，并高兴地与他合影留念。不久，在县领导和有关部门的支持下，该乡又有三所学校实现了升降式课桌凳，为山区教育事业夯实了百年基石。东庄乡林、牧、路、水、学校都有了，只有卫生院还是以前的一所旧房子，破破烂烂，年久失修，老百姓不愿意去看病，连一个医生也养不住，缺医少药成了常态。针对这种情况，牛九斤又设法投资27万元，盖起了山区一流的高标准卫生院，建筑面积380平方米，设施全部配套，老百姓看病实行报销制度。晋中地区合作医疗一体化现场会开在了东庄，并树其为全省的示范乡。

五

吃苦是人生的必修课，奉献是实现人生飞跃的起点。牛九斤来到东庄的九年是吃苦的九年，奋斗的九年，也是东庄乡翻天覆地的九年。这九年，乡里连续三十八次荣获省、地、县荒山造林奖、农田建设林果奖、基层组织建设奖、先进党委、尊师重教先进集体称号等。现在，东庄农村经济总收入11130万元，粮食总产量270万千克，果林面积9万亩，总产量250万千克，以生态经济林为主的荒山造林面积达到了 1.6 万亩，森林覆盖率达到了 49.8%。畜牧业上办起了五村三片肉牛基地，十村百户养羊基地，户均一头牛，人均三只羊，百果千树奔小康，仅畜牧业收入占到农业总收入的 46%，林牧业收入成为全乡支柱产业。全乡还恢复了砖厂 2 个，果品加工厂 1 个，新建铁厂 1 个，打桩机公司 1 个，年产值超过 1000 万元，实现利税 60 万元。又新建高灌 8 处，新增浇地面积 1000 亩，真可谓农业生产机械化、农民生活电器化、生活水平小康化、交通工具自动化（户均 1 辆农用三轮车），吃水达到城市化，娶新娘、盖新房，不愁穿来不愁粮。最近，山西电视台《黄土地》节目播放了东庄的大变化。

牛九斤助人为乐、关心同志。他把大房子让给别人，"农转非"让给别人，出省机会也让给别人。贤惠的妻子和年幼的女儿知道他在干事业，都给予他莫大的支持。群众的表扬信一封又一封。

县委决定，调他回县林业局任局长兼书记。然而东庄乡的父老乡亲却不理解，他们讲，他们怎么也离不开牛书记，所以，笔者才遇到开头的一幕。俗话说：当家三年狗还嫌，而他在地方九年，是组织部考察中 14 个乡镇最优秀的班子。他人走了，心还没有走，开头的一幕就是刚给卫生院剪了彩，并捐资 2000 元的场景。他对群众就像对亲人一样，树立了一个党的干部的形象；他给群众带来了实惠，给东庄带来了一片生机。我从与牛书记的交谈中才得知：林业局是他的新起点。他不但要抓绿色通道工程，而且要抓农业产业化开发龙头工程、红枣战略、干果战略、三河护岸林工程……两年内，红枣要由 4 万亩发展到 10 万亩，紧紧围绕中央的指示，防风护土，防止水土流失，实现生态、社会、经济效益三配套。说干就干，牛九斤的设想很快得到县委县政府重视。县里召开了全县规模最大的县乡村三级会议，并出台了优惠政策，纳入了今秋农田水利基本建设的重点。有一句话说得好，能登上金字塔的生物只有两种：鹰和蜗牛。虽然牛九斤不能像雄鹰一样插上翅膀一飞冲天，但他可以像蜗牛那样凭自己的力量前行。复杂源于简单，伟大来自平凡。在平凡的事业中，他闪出了伟大的火花。我为他的平凡而鼓掌，我为他的伟大而高歌。

（此文于1998年12月获中华全国新闻工作者协会、中国广播电视学会、全国农民报新闻与文化研究委员会第四届《中华大地之光》征文（报告文学）一等奖。1999年11月辑入《中华大地之光获奖作品选》（第四届），人民日报出版社出版。）

路，在"爱"中延伸

——走近山西榆次公共汽车公司董事长兼总经理欧阳英

创业的路是不平坦的，有爱伴随的路是刻骨铭心的，经过披荆斩棘一步步从坎坷中走出来的路是成功的。

——题记

4月，坐落在山西省中部的榆次，春意盎然，这里记载着她的故事，这里传颂着她的业绩。

这天，天气晴朗，万里无云。笔者在建委王书记的带领下，采访了久闻其名的公共汽车公司董事长兼总经理、榆次政协常委、侨联副主席欧阳英。

她中等个子，不胖不瘦，白净的面庞，一双美丽的大眼睛中透出刚毅和智慧的光芒。精明强干，气质非凡，开朗健谈，她的机敏和果敢显示出一个女企业家的风采。

一

欧阳英于1962年出生在一个大家族里。人们说，这孩子立足实地，为众人敬，威镇人群，要成大器。爷爷、奶奶、舅舅、叔叔、四个姑姑都在台湾，姨姨在北京外交部工作，爸爸妈妈从部队转业后在北京化工学院任讲师，姐妹几个都是大专以上学历，哥哥弟弟在上海工作，姐姐在自己家的"5路""6路"车队当队长。富有的家族丝毫没有滋长她的骄傲，相反，更充实了她的内涵。

山西经济管理学院毕业的她，乘改革开放的东风，1980年初涉商海，从个体户开始，到服装厂、水泥厂厂长，驻上海办事处工作，处处都领先。1996年底与台商合资经营起了榆次第一家股份制"5路"公交车，后来又增加了"6路"公交车。由于她经营有方，管理超前，是当地远近闻名的女企业家。1998年组织上任命她到榆次市公共汽车公司任总经理。从此，她迈上了人生的又一个新起点。

二

榆次公共汽车公司始建于1973年，是市城建委所属的城市公用性质的全民所有制企业，由于企业产权不分，责权不明，经营无活力，长期躺在政策身上吃补贴，1997年政府补贴200万元，但亏损额仍高达292万元，企业负债还不了，社会保险、养路费缴不了，职工工资发不了，连生产用料、用油都无钱购买，职工忧心忡忡，怨声载道，企业面临倒闭……

市里为挽救这家企业，做出了由欧阳英任总经理的决定。1998年7月16日，她走马上任，谁料到，职工们竟把大车小车开在门前，堵了大门，数千人围观。满腹委屈的她，两眼含泪，脑海中一次次闪现：这儿的人不喜欢我，我还是到北京发展吧。各级领导的真挚挽留感动了她。她强忍着没让眼泪落下，因为她热爱自己的事业。她知道，职工们不了解情况，她是用真情来对待事业的，绝非要来这里捞一把。她来之前，已拿出自己的30万元，缴了养路费，结算了拖欠的汽油款，而今天她来为职工们补发拖欠了两个月的工资……

三

改革，需要崭新的思维，更需要充足的勇气和决心，以及扎实苦干的态度和作风……

她深知，创业的路就是这么艰辛，因为她有了吃苦的思想准备，所以她没有觉得辛苦。面对 292 万元的亏损，面对制度不严、管理滞后、纪律松弛……她没有畏惧，没有退缩，自强是她的人生信条，坚韧是她的为人性格，正因为她爱自己的职工，才以一个企业家的胆略和睿智选择了企业的出路——改革。

首先是单线路试行资本运营，成功地实施了股份试点。融资近百万元，购置了 14 部新中巴车。实行单车核算，定岗定员定额，任务到车，指标到人；对机关人员进行了裁员，充实到第一线，修理车间实行承包经营，为公司节约 21.6 万元；实行"厂务公开，企务公开"，每月 16 日（就是堵大门的那一天），定为"民主接待日"。面对市场经济的冲击和挑战，她以无私奉献的精神，开拓着自己的路。

1998 年 12 月，全公司实行股份制，她自己带头入股 12 万元，副经理 6 万元，中层领导 2 万元，司机 6 千元，售票员 3 千元，职工 220 人中 90% 全入股，共募股到位资金 139.90 万元。1 路、2 路专线买了 10 辆新车，选举产生了董事会、监事会，建立了现代企业法人制度。1999 年 10 月，运行一年时，她又拿出 40 万元，中层干部 5 万元，又购置了一批新车……她又一次用事实证明了自己，平中有奇，凡而不俗。

四

向管理要效益，向服务要效益，强化企业管理，提高科学管理水平。欧阳英讲，我们的行业是服务行业，服务是一门艺术，竞争时代谁掌握了服务，谁就拥有一笔"无本万利"的资本。

公共交通是与千家万户、各行各业的人打交道的。市场经济是不同情弱者的，2000年是在她的历史上需要被永远记载的一年。春，改变了人生和公司的命运。她建立了一整套科学管理方法及服务要求。她精神焕发，竭尽全力，公司就是她全部爱的倾注。夏，她的心和天气一样热烈，对事业的爱，对公司的爱，对职工的爱，她不畏酷暑，努力工作。由于她的务实作风，她的总体规划得到一步步付诸实施，职工工资100%按时发放，包括养老金在内的"六金"按时缴纳，职工士气高昂。秋，收获的季节。她任公共汽车公司总经理两年多，以不同凡响之举，使公司的社会效益和经济效益发生了巨大的变化。冬，是寒冷的，而她的心是火热的。11月26日，永恒的记忆，这一天晚上，公司一班人一算账，2000年收入677万元，完成计划的138%，比1999年增长了75%，是1997年的2倍多，创造了公司创建以来的最高纪录。以上的数字说明了一切！表扬信一沓又一沓！多么激动人心，这是情的对望，爱的交融，她与公司一班人手牵手攀上了高峰，心贴心创造了奇迹！

五

事实证明：女人不再是弱者。她付出成倍的艰辛，写下了山泉清澈，大山豪迈，柔水穿石，真情永在。每日每夜工作的渴望，每时每刻创业的追求，整日奔波于工作岗位，去一线检查服务质量，运营维修，踏清风南行、考察、学习……她的人生价值得以升华。有一次，她病了，高烧39℃，单位的同事把她背到医院，医生要求她住院治疗，她输完液就跑了，并留下了一张条子，上面写着：晚上的床位费就别算了。护士们说：这人，哪儿像个腰缠万贯的总经理。而我们的女经理就是以这样的经营方式，开源节流，时时处处，点点滴滴。生命平凡，你会体味到这平凡中的珍贵；季节平凡，你会发现这平凡中的永恒。

六

事实又一次证明，公交战线不仅仅是热血男儿纵横驰骋的天地，更是巾帼不让须眉大展身手的沃土。有一次，为了争夺客源，出租司机合伙打了她公司的司机，并将人扣押在某地。她接到情况报告，立即出马，谁知那些人恶语中伤："来了个女的！"她忘记了自己是一个女人，有理、有节、有据地与对方谈话，平息了这件事，不仅为公司司机们壮了胆，而且在全市公交系统中再塑了她的威信。人们说，她是一个永不满足现状的人。在成绩面前她从不陶醉在胜利的掌声中，与她的交谈中我们知道了，她非常爱自己的事业，爱公司的职工，这份爱不是挂在嘴上，也不是写在纸上，而是放在行动中。她不善于用语言表达。她说："上天把这个公司赐予我，我要珍惜，用心去珍惜！"她把自己的下半生与公共汽车公司锁在了一起。职工们自豪地把她比做皎洁的月亮，在她身上折射出太阳的七彩，给人启迪，催人奋进！

采访结束后，欧阳英为我们送行，她眼睛凝视着前方，贮满了往日与未来，她的目光告诉大家：她脚下的路，在"爱"中延伸……

（此文于 2001 年 12 月获人民日报社、中央人民广播电台、中国文化报社、中国作家杂志社主办的第二届"新世纪之声"征文，获报告文学一等奖，并辑入《中华辉煌获奖作品选——新世纪之声》，人民日报出版社出版。）

杜鹃啼血只为春

——北田镇党委书记王俊明信访工作先进事迹

　　谁能像小草一样站在自然的高度去正视生命，谁就能实实在在拥有诗意盎然的春天。

　　北田镇曾经是榆次区集体越级上访村数最多、持续时间最长、矛盾积累最深的乡镇之一。31 个行政村中有三分之一不稳定，有的党支部凝聚力不强，有的村干部工作作风不实，有的家族势力干扰村务，有的政务、村务、财务不公开，遗留问题多，历史发展到 2003 年，告状形式已发展到五六车群众围攻镇政府，有的村组织租用大型客车去区委、市委、省委……好多村成为远近闻名的告状"专业村"。因此，乡村干部人心涣散，情绪不稳，调整频繁，致使矛盾长期得不到解决。面对北田镇严峻的信访形势，2002 年 6 月王俊明同志从乌金山镇被调往北田工作。面对种种矛盾和困难，他扑下身子，理思路、找对策，把信访稳定工作作为做好各项工作的基础，放在首位，抓在手上，开创了北田镇稳定工作新局面，迎来了北田经济发展的春天。

血汗凝成带雨的云

　　人生就像云朵，面对深情热爱的大地，时时积累着凝重而滂沱的雨滴，一旦大地需要，就奋不顾身地扑下去，用自己的生命去滋润五谷的芳香。

来到北田，王俊明彻夜难眠，辗转反侧，思考了三个问题。群众为什么上访不断？原因究竟是什么？怎么办？很快群众便看到了在31个行政村里挥汗奔波的王书记。大规模的调查工作展开了，对全镇 70 岁以上的老干部、老党员逐一谈心，对现任干部座谈调查，对群众问卷、抽样调查。没有星期天、没有节假日、没有午休，常常别人踏着他的脚印来，他踏着别人的脚印回，他与群众的距离缩短为零。群众信任他了。酷暑里、寒风中，他感受到了群众那一颗颗渴望致富，期盼美好生活的热心。不久，他发现了群众上访的原因有三：一是班子问题，二是遗留问题，三是热点问题。发现困难和问题是容易的，而正视、解决困难和问题却是艰难百倍，他体会到了为什么人称信访工作是新世纪"天下第一难"！

王俊明在深深地沉思……

他的第一招出手了，即"大家跳起来摘果子"。大家——班子全体人员，跳起来——很高的积极性，摘果子——一个一个逐一解决问题。他狠抓乡镇全体干部的学习，要求必须熟悉党在农村的各项方针政策，能准确熟练解答下级及群众提出的各种疑问，原始的积累是干部素质提高的催化剂，素质的提高是解决信访的强心剂。从《三国演义》里汲取运筹帷幄之术，从《孙子兵法》中领悟三十六计之奥妙，从《红楼梦》中通晓古今人情练达之内涵。他的特点是：说得少，做得多；开会少，干事多；工作目标责任书，包点包片责任制，排查隐患协调会，没有说在嘴上，也不是只写在纸上，而是实实在在落实在了行动上。

生命荡起拂地的风

农村班子问题是核心问题。

南田、田乔、东祁的上访就是典型。多少双眼睛看着，王书记能否动真的，碰硬的？能否打破这张无形的网？这需要超人的胆量和坚强的毅力，而他讲：群众满意不满意是杆秤。他亲自接待，并带包片领导深入这些村，调整了支部书记，这样南田、田乔、东祁的告状平息了。接着，西双村的两委班子问题、砖厂问题、东岗地问题、水利问题等又上访至区委。对此，他带领一班人冷静思考，抓住了班子这个核心问题，重新调整了党支部班子，严格程序，进行了第六届村民委员会换届选举，重新发包建华一厂、二厂……彻底平息了西双告状，改变了"房子倒，大窑塌，烧出红砖不如土坷垃"的状况，群众拍手称快。

小赵村干部不团结，家庭矛盾升级，造成多次停电，群众多次赴镇、区、省上访，对此，他一是加强下乡力量，抽调五名党政领导、三名经验丰富的下乡干部组成小赵工作组；二是广泛走访群众。起草了北田镇关于解决小赵问题民意调查表，走访全村 310 户村民，广泛征求意见；三是搞好班子建设。在广泛征求党员、群众意见的基础上，结合镇党委对全镇 31 村两委班子及两委干部考核方案，调整了支部班子；四是公布审计结果。在原来两议会已公布的基础上，出榜公布审计结果，并召开村民大会，公布了调查结果；五是依法进行第六届村民委员会换届选举。由于采取了强有力的措施，之前在全区、全市上访影响较大的田乔、南田、西双、小赵四村，出现了安定团结的良好局面。在榆次区元宵节街头文艺会演中，四村都出了锣鼓队、铁棍和背棍等红火节目。连续六年不交农业税的田乔和南田村，2003年一次性完成农业税任务，小赵和西双砖厂顺利发包。他讲：官多大算大，当好村主任也不错。为此，他在北田提出了干部要过三关：权利、金钱、亲友关，提倡心不贪、嘴不馋、手不长、脚不懒，有能就有威。廉洁是清醒剂，团结是黏合剂。班子问题的解决，奠定了北田稳定的基础。

真情化作润土的雨

热点、难点、遗留问题关系群众的切身利益。调查中发现：老百姓最关心的是房子、儿子、票子。最讨厌的是干部胡闹、黄色书报、八顶大檐帽欺负一顶烂草帽。于是，他带领一班人将问题细化归类，标本兼治，处理在萌芽阶段。

热点问题：超前排查，及早介入。"钱、电、水、合同"是老百姓最关心的四个问题。税费改革后，他建议成立了农村会计服务中心，实行"村财镇管"，并建立起一整套制度，为群众当好家、管好钱；在农村电网改造的基础上，结合各村实际情况，解决了排灌电网；针对农村水利问题，以水管站牵头，进一步规范水利承包；农村各种合同的签订，镇经管站都要把关。

难点问题：知难而上，堵塞源头。2003年防"非典"期间，北田村村民郑有恒等来信反映，为了预防"非典"，村民把住村口，堵塞交通，大棚菜、苹果等农副产品卖不出去，影响了经济发展。接到来信后，他立即召开党委扩大会议，对全镇31村交通问题做了统一部署：凡是出入人员，全部进行登记、测量体温，如有正常交易，对收购农副产品如大棚蔬菜和苹果的外来车辆，不准入村、入户，严格杀菌消毒后，在村外指定地点进行交易。这一做法赢得了广大村民的赞同，做到了预防"非典"、经济发展两不误。

遗留问题：摸清底子，妥善解决。北田镇历史遗留问题很多，村级断头账问题、历年旧欠债务问题、历史积案问题等。这些问题的处理情况复杂，间隔时间长，涉及的人、部门多，确实一时难以解决，但他们认真接待，不说不管；摸清底子，妥善处理。湖北孝感师范毕业生共 22 名，在北田学校任教，由于历史原因，上班未发工资，导致 22 名教师不断上访，上电视、上报纸、上法庭五年不断……2003年，他通过认真调查摸底，发放了教师工资，妥善处理了这一久拖不决的上访案件。

改革、发展、稳定是相辅相成的，改革、发展是发展农村经济、致富奔小康的必经之路，稳定是保证，没有稳定的局势，改革、发展将成为空话，对北田镇来说，稳定尤其重要。目前政通人和、经济发展的大好形势在解决信访中持续……

他用平凡的努力，释解了春天的美丽，他用真情唤来了稳定的今天，他用真心追赶充满希望的明天。

（此文与榆次区信访局局长刘玉合著，于 2005 年获《光明日报》征文一等奖，辑入《新时期基层信访工作探索与实践实务全书》，光明日报出版社出版。）

种太阳的人

——记山西省榆次二中校长、党总支书记李健民

中华人民共和国五十华诞之时，回顾新中国五十年建设的光辉历程，是写有关铁路、桥梁、公路、飞机场的建设成就，还是写民营企业家、大款的发家史？一个偶然的同学邂逅，你一言，我一语，簇拥着我："你的责任就是让历史留下永恒。""李老师才是真正的共和国功臣。"所以笔者选择了他，因为他朴实无华、默默无闻、兢兢业业从事教育工作 34 个春秋，他给社会带来的是：毕业学生数以万计，有世界冠军、科学家、教师、医生、企业家……榆次市正副局级以上的领导中二中毕业的就有百名以上。他的影响绝不比企业家小，他对社会的贡献是无法用金钱来衡量的。他就是"全国优秀教师""山西省特级教师"李健民。

李健民，朴实，精干，眉目之间透露着一种潇洒气质，身高 1.8 米，看上去有几分威严。五十多岁的他，看上去还是那么年轻，这是因为他与学生们在一起才永葆稚气童心，青春常在。他是"师德的楷模，教学的专家，育人的模范"，这个评价一点也不过分。笔者高中时有幸是他的学生。当谈及采访他的意图时，他一个劲地说："写一下学校吧，不要说我个人。"

一

1946 年出生的他，初中是榆次二中的学生，毕业后以优异的成绩考入了榆次一中。当时，一中在全晋中地区只收两个班，非出类拔萃的学生是根本考不上的。他入学后是班干部，组织能力、学习、体育样样超群。毕业后，市里选拔教师，20 岁的他走上了教育工作岗位。由于在校时学习成绩优异，领导安排他带高中数学。面对现实，他一次次地想：要给学生一碗水，自己就需有一桶水。他首先是向文化知识发起"地毯式"全面进攻，他认真、刻苦钻研，边学习边带课，所吃的苦怎样说清楚呢？讲一件事，那时候人们的工资微薄，而他除了买牙膏、饭票等必要的生活开销之外，几乎全部用来购买书籍。有一次去省里参加一个教学研讨会，他宁愿骑自行车冒大雪骑 50 里地，也不肯坐公共汽车，只是为了节省 1.2 元钱，回来的路上就用 1.2 元买了《数学用表》《中学数学难题解》两本书。"功夫不负有心人"，经过努力，他很快精通了高中数学知识，并成为"教学能手"。但他想，教学是教与学的有机统一，自己教好和学生学好是有机统一，相辅相成的，教学中管理学生，让学生愿意学是一个重要的方面，所以，他开始潜心钻研《教育学》《心理学》，把管理学生放在了重要的位置。有一次，他夹着课本去给学生上课，就在教室门外，一架架"纸飞机"飞过了他的头顶，落在地上。当时，他非常生气，捡起一架走进了教室。此时的教室鸦雀无声，气氛十分紧张，他微笑着说："这架飞机研制得不错，可惜它只有一段短暂的飞行历程。"教室里发出一阵笑声，气氛顿时轻松起来，接着他讲同学们背负着升学压力，学习又苦又累，下课时，放飞一架"飞机"，自然十分惬意，但在开心之余请想一想，点缀在校园里的一架架"飞机"残骸，像不像一张清秀的脸上贴满了一块块白色膏药？校园是学校的"面容"，我们是学校的主人。当时，他又提了一个建议，让学生们下课后到操场上做飞行，上课时带回，既调节生活，又不影响校园环境。想不到这之后，屡禁不止的飞机风绝迹了。有位男同学回忆，他是班里的顽皮学生，一天课间他双手紧握铁丝自制枪，站在门后准备在同学们进门时打一枪，没想到李老师进来，吓得他手足无措。可没想到李老师没有青着脸训斥一通，也没有三令五申简单说教，而是动之以情，以心换心，设喻明理，谆谆告诫。有一年他的班上一下子来了8个退班生，在学工学农的年代里，结伙打架斗殴，他没有西风凌厉、秋霜肃杀地禁令和训斥，而是情理并重，平等交流，学生如浴冬阳，如沐春风，后来那几人发展都不错，每年大年初一最先来拜年的就是他们。尽善尽美是他的追求，不甘人后是他的性格。清晨带学生跑步，下午和学生们打球，在他和任课老师的通力合作下，所带班级样样名列前茅，他也成为教研组长，年级主任……

二

李校长并非科班大学生，但他脚下有路。他以坚韧不拔的毅力，1983年自学大专课程，1985年以优异的成绩走出了省教育学院的大门。在他如痴如醉地迷恋着教育时，窗外变幻着扑朔迷离的现代风景，与他同龄的人，陆续成了万元户、十万元户，有的当市长、县长，有的出了国。股票、汽车、别墅……就像一只只诱惑的手，拉扯着人们驿动的心。好心人劝他，凭你的才干，咱们一起去赚钱吧！是抛弃钟爱的事业和追求去享受物质生活的舒适安逸呢，还是永远跋涉于传道授业解惑的路途而甘守一辈子清贫？他义无反顾地选择了后者。李校长的爱人高老师是北京插队知青，她和女儿、儿子的户口早已回到北京。儿子于北京科技大学毕业后分配在北京市公安局工作；女儿于北京经贸大学毕业，本应干金融、会计，但李校长让她从事教育，现在北京团结湖一中任教。李校长有几次进京机会，他都没有考虑，因为他爱榆次。他留在山西，给榆次带来了无法估计的财富，所以人们敬重他。有人不禁要问，他一定是想在小地方往上爬吧？不，曾经政府部门几次调他当干部，他都拒绝了，许多人以各种各样的借口，放弃自己的专业跳槽时，他却甘守着清贫。在物欲横流的今天，他住的还是二十年前的宿舍，没有先进的家电设备，没有豪华的装修，笔者见到他时，他还穿着给我们带课时的那蓝色呢子大衣。他用自己的青春捍卫着这个圣洁的职业，用自己的行动激励着无数的教师，生命在持之以恒的追求中变得灿烂。也许是职业的神圣，也许是使命的神圣，当他坐在一间不到 15 平方米的办公室里，每月按时去领取那可数的工资时，有人问：后悔吗？他摇摇头。说心里话，人非草木，孰能无情，别人花几百元购买一双皮鞋而他徘徊在一套喜欢的书面前却捏着羞涩的口袋。他沉默过，但没有动摇他对所从事的职业的热爱。选择教育对他来讲，是一生无悔的抉择。

三

他一片赤诚对待自己的事业，连续十六年所带班居当地高考第一名，省高考状元出在他们班，表扬信一沓又一沓。凡是考上二中的学生都托关系、走人情，要求进他的班。从校级到省级的公开教学在他的班……市委任命他为副校长、校长。人们心中，校长应该是享清福、捞实惠，但他却把校长看成了工作的起点，不忘自己是一名教师。他说："如果说学校是完美人生和创造生命意义的话，讲台才是实现自我价值的阵地。"所以，他一直带课。多少学生想去他的班里，但他从来不收别人的馈赠和礼品，就连加班加点辅导学生，家长想请他吃顿饭作为回报，他都一次次拒绝。

他常常给教师们讲：教师是一种平淡清苦的职业，春去冬来年年如此，重复着一种工作，怎样才能干好，首先要有爱心，用爱心去对待职业、对待学生。一次参加社会实践去河滩锄高粱，突然下起了倾盆大雨，他毫不犹豫地脱下自己的衣服给一个光着背的学生穿上，自己只穿背心。有一女生，父母离异，她和奶奶一起生活，在别的学校上初中期间成为失足青年，被劳教半年后，她失学了。二中伸出了友爱的双手，接纳她到二中上学，两年后她以较满意的成绩考上了艺术中专。太阳付出爱心，多少生命繁衍，月亮付出爱心，多少美丽降临。有一个学生患了骨癌，父母微薄的工资无法支付巨大的药费开支，他要退学了。李校长当即捐出自己一个月的工资让他就医，而且号召全校教师为他捐款，这件事感动了全市人民和几家杂志编辑，很快在全国形成了募捐热潮。这一行动不仅仅是延长了那个学生的生命，而且延伸了爱。他经常用算账的方法和老师们交流：学生从12岁到18岁，这段人生黄金的岁月交给了学校，现在的孩子又大多是独生子女，教师的责任是多么大。二中的教师有一个特殊的习惯，就是工作尽心尽职，不想去"高飞"；二中的学生也很特殊，全省高考状元考上了北京师范大学，当地电视台记者采访毕业后的想法，他毫不犹豫地回答：回二中任教。李校长自己呢？28年在二中，已将自己的一生交给了教育，交给了二中，学校的荣辱与他共存。社会竞争如此激烈，二中能否在竞争中立于不败之地呢？他把竞争看成了挑战，每当他看到学生因无知而出事故，因幼稚而空虚时，他感到了素质教育之重要。"一年之计，莫如树谷，十年之计，莫如树木，终身之计，莫如树人"，于是，他把素质教育抓在手上，绝不是绝对化、贴标签、喊口号、搞形式主义，而是着力于从本质、内涵上下功夫，从学校的大目标、近期目标的制定到学生的学习习惯、生活习惯、思维习惯、作风习惯上全面抓起，从上进、奋斗的意志抓起。以党风带干风，以干风促教风，以教风铸学风，以学风成校风的校风建设得到了家长的认可和专家的肯定。1998年9月全国中华民族传统美德教育第八届年会现场会开在了二中：几十节公开课，艺术表演、主题班会等都得到了与会专家及同仁的一致赞扬。组织优秀学生、团委干部、后进学生家长座谈会……一系列教育方式重在素质教育，全校2000多名学生虽然不能一个个说出他们的名字，但是在40万人的大街上，他能够一个个认出自己的学生。"平庸的医生是杀人，平庸的教师是误人"，他清楚地看到，现有80%是青年教师，学历上没有问题，师德建设是重中之重，于是专题讲座他亲自上课；促膝谈心，他个个不漏。在输送进修、评优、住房、职称等方面给予倾斜，学校的校刊《英华报》上每期介绍一名优秀青年教师事迹。二中现有省、地、市优秀教学能手17名，地市各方面优秀人物80多名。抓住青年教师就抓住了根本，这些措施使学校充满活力。李校长有一个愿望就是树师德新风，创三晋名校。

从古到今，教育为本。作为塑造灵魂的工程，他对此有深刻的理解，所以用最大的精力抓队伍建设，把最大投资投给学生。二中现有五幢楼房，图书实验楼、办公楼、学生宿舍楼、教师宿舍楼……仅1998年就投资14万元对理化生实验仪器和图书进行了新标准配套，电脑80台（其中20台为多媒体），语音机64台，图书柜80个，仪器柜80个，投影仪30台，课桌凳1300套……二中发生了翻天覆地的变化，最好的房子是学校再也不是梦。绿化、美化、香化、硬化，一进校门，花园式学校引人注目，奖牌、名言、警句、科学家像，每面墙都会说话，这就是二中。

"功夫不负有心人，汗水浇出满园果"，1998年高考达线率50%；全国物理化学奥林匹克竞赛中物理一等奖1名，二等奖1名；化学一等奖3名，二等奖3名，三等奖6名；9名学生光荣地加入了中国共产党。艺术类考生达线率100%。进校刚达录取线的学生安琼三年之后考出了564分的好成绩，被中国农业大学录取；胡波同学的《百虎图》被山西电视台新闻联播报道。二中如今成为国家教育部"九五"重点课题中华民族传统美德研究实验学校、山西省德育示范学校、卫生达标单位、文明学校、艺术教育先进学校、体育传统项目学校、中学实践教育最佳示范单位、档案管理一级单位等，地级文明单位、市级先进单位，年年蝉联，这都是李校长和几代二中人，用他们的真诚树起了万世师表，无边师魂，用他们的辛勤撑起了教育这个神圣行业的灯塔，为人师表、千古称颂。

是蜡烛就要燃烧，是火炬总会点燃，社会总是承认有作为的人。他对教育的爱，对二中的爱，对学生的爱至高无上。爱心像永远的高原，像浩瀚的海洋？不！什么都无法比拟。爱心布满宇宙无边无际，爱心贯穿历史无始无终。他用爱心突破了平庸，被人们称为"种太阳的人"。

（此文于 1999 年 11 月在北京参加由中华全国新闻工作者协会、中国广播电视学会、中华全国农民报协会新闻与文化研究会主办的第五届"中华大地之光"征文，获报告文学一等奖，收入《第五届中华文艺之光获奖作品选——大地情怀》报告文学论文集中，人民日报出版社出版；2000 年 8 月在北京参加中国文联出版社、中国文艺家杂志社、中国教育报主办的"世纪之光"文艺作品评选活动，获报告文学一等奖。）

"金凤凰"昌盛金三角

——访山西榆次市金三角纺织品有限公司
董事长兼总经理赵素占

干大事的人并非神奇，神的是她用智慧和魄力去实践人生，奇的是她用付出和胆略去创造人生。

——采访手记

"三八"座谈会上

时钟回到2001年，"三八"妇女节的各界妇女代表座谈会上，区委书记耿彦波"奉献、爱心、执着、坚韧、协和、细腻、聪慧、廉吏"16个字的讲话，轰动了整个妇女界。赵素占是山西省计划生育协会理事，市工商联常务理事，区政协委员，妇联授予的"巾帼建功十明星"之一，与我挨着坐。下一个轮到赵素占发言，我听说过她的名字，是个女强人，女能人，但是对她没有更多的了解。从她的发言中，我觉得她很神奇，16个字好像浓缩了她的人生，同时激起了我对她更深层次了解的欲望。但她说，自己的事业还没干成，正准备盖印染厂，盖起后再见。我问，大约多少时间。她答，一年。

九个月后

2001年12月23日，正在人民大会堂参加"中国世纪大采风"颁奖大会，接到了她的电话："主席，来咱厂看看，出产品了。"我不敢相信，屈指一数才9个多月就出产品了？怀着极大的兴趣，12月25日，我便来到了她的厂子——山西榆次金三角纺织品印染厂。

整齐的3500平方米厂房在15公顷的土地上拔地而起，门房、花圃、花池、院灯井然有序。老赵的办公室里，虽然没有现代豪华的气派，但是别具特色，一面墙上整齐地挂着五颜六色的布，一数竟有30多种颜色，让你来到五彩斑斓的世界。她正在接电话，接受一批外商订货。于是，我走访了一下厂里的工人，一个二十出头小伙子。我问，你们这儿有多少人？答，50多人。吃、住在哪儿？董事长管饭，住集体宿舍。吃得好吗？吃得挺好的，董事长也和我们一起吃饭，每天至少两个菜，一荤一素，想吃什么吃什么，被子、褥子全都由厂里提供，公寓制。他的司机告诉我：赵总准备再聘一个司机轮流给她开车，因为她考虑到一个司机难以适应她的节奏，她整天忙得团团转，昼夜兼程，经常是几个通宵。她是"金三角"纺织印染厂和"金盛"床上用品纺织品公司两个企业的核心人物，又是具体事情的马前卒，两个企业的规划运转、印染厂的筹建、巨资的筹集、职工的招聘；设备的购置、安装、产品的外销；贷款、职工的思想工作、内外人际关系的处理；印染中的各种故障：缺水、缺电、缺原件；职工的工资、生活，甚至连买菜她都亲自处理解决。她像一本书，引人去读、去思考、去回味……

民兵连长——妇女队长

1948 年，赵素占出生在河北省新乐县，爸爸妈妈都是共产党员，良好的家庭氛围，培育了她正直、顽强的性格。起初为她取名"速战"，意思是干事速战速决。她从小聪明过人，见人有礼貌，深受长辈的喜爱。姑娘长大了，觉得那个名字缺少点温柔，所以改名为素占。虽然名字是改了，但她的性格没有改，谦和中带有一股傲气，炯炯的目光，闪烁着刚毅，透溢着干练与精明。"学毛选、干革命""宣传中央指示带头学雷锋"处处走在先，她被选为民兵连长。在展开社会主义劳动竞赛中，她常常大清早去四五个小队人家挑尿水浇小麦。"功夫不负苦心人"，第二年夏天自己队里的小麦，果然比任何一个队长得都好。该割麦子了，队长安排人去割，去了一看，早被赵素占领着民兵割完了……她走到哪儿都像一阵风，满怀开拓进取的激情，赢得周围人的一致赞誉。不久新乐县召开"万人大会"，赵素占被指定为经验交流人。没想到要强好胜的她竟读错了几个关键的字，她惭愧不已，认为不好见人。自那时起，她对文化有了强烈的追求和渴望，认识到没有文化不行。

1969 年，22 岁的赵素占风华正茂，毅然决定找个婆家嫁人。爱人李平国，小学文化程度，家有兄弟姐妹七个：三个姐姐、一个妹妹和两个弟弟。那时，爸爸、妈妈都不理解女儿为什么一定要去山西一个贫苦的家庭。姐姐赵淑琴送她去了车站，问她："为什么去山西？"她说："有利于自己发展。"

她来到了榆次，结婚后生了一个儿子、两个姑娘，生活更加拮据，人口多，粮食不够吃。为了改变困难的现状，她生了小女儿后一周就下地劳动，并与一位裁缝合作，帮人家加工裤子，一条裤子的裤边和钉扣子挣 0.12 元。那个年代，是个特殊的年代，她在运动中被割掉了资本主义的尾巴，大会上她挨了批评，就连社会主义大家庭的特殊待遇——南关农民每天分一次菜也给取消了。委屈的她，暗自落泪，我哪儿错了？倔强的她，宁是到野山坡去拣菜吃，也没有耽误队里的活儿。这样整整一年，她当上了模范，并且连续两年都当了模范，毛巾、脸盆、枕巾都是奖品，在那个年代是无上光荣的。第三年，支书在大会上宣布让她担任妇女队长和技术员。

"一把尺子"和"一把剪刀"

1978 年十一届三中全会的春风吹绿了大江南北，姐姐将改革开放这个信息带给了赵素占。1979 年冬天，她一把尺子、一把剪刀，走上了大街，做起了服装，当起了裁缝，成了榆次第一批"个体户"。当时，她的技术还不算精通，于是，她潜心钻研，认真学习，拿上报纸认真地画样子，剪样子……她相信，只有学而知之，无有生而知之的道理。多少次"中山装"的生意让给了别人，自己做裤子。几乎与此同时，河北的亲戚又带来了 50 条裤子，于是她带着他们一起去南合流（离城远一点的一个农村）卖，每条裤子挣 3 元，一个下午就是 100 多元。她恍然大悟，这比她在地里劳动一年还强，过去劳动一年粮食分不回来，过年还要吃救济。她心中真正感到三中全会就是好！但她心里还是忐忑不安，这钱应该交给谁？因为自己是受党多年教育的共产党员，她找到了支部书记说明了来意，何书记说："素占，你好好干吧，这钱是自己劳动所得，自己拿着用吧，党的政策不会变。"这时，她收到了姐姐的一封来信，信中的一句话，刺痛了她的心，那就是"请到寒舍做客"。姐姐、姐夫都是文化人，那么好的房子称为"寒舍"，而我呢？她拿着那笔当时认为是"巨款"的钱，开始想着盖房子，这是她来到榆次后第一次起房盖屋，从此以后，她每隔五年盖一次房。

俗话说,"能干的人,干啥都行。"素占在做衣服、卖衣服中思索着:如果能搞些原料布,加工成衣服,就更有干头了。于是,她试着批发回了布匹,并做成衣服卖。学中干,干中想。一天,一个念头占据了她大脑的全部,那就是批发布匹。于是她开始赶大大小小的庙会,晋祠会、太谷会、寿阳会、白沟会、南郭会……一天早上,她骑自行车带着两匹布出发到了离家50里的太原去批发,卖完布已是很晚,她拖着疲惫的身躯蹬上自行车往家骑,骑着骑着,感觉链子不动了,下来一看,自行车没事儿,是人没劲了。她只好推着车子走……夜死一样的寂静,一个女人,没人做伴,只有天上的星星对她眨眼。等到她回到家门前,天已蒙蒙发亮,东方出现了鱼肚白。一辆自行车,一双腿,晴天几身汗,雨天一身泥,风天满头沙,军绿,警蓝,那辆自行车陪她走了几万里路,她对它太有感情了……又有一次,带一匹布去晋祠赶会,自行车翻在沟里,她用尽全身力气,最后在一个好心人的帮助下,才将自行车和布推了上来。谁知,整匹布的半边沾满了泥土,她心疼得不行,这下可不好卖了,只好减价处理,这次真的赔了。丈夫劝她:素占,咱不干了,挣钱没个够,你身体要紧。但是一天下来,回到家中,热腾腾的洗澡水告诉她,我还要干。

就这样过了五年,1985年她用积攒的2.6万元在榆次南关买了一块1.4亩的地,花2万元买了地上的棚、土坯房17间,其中西房4间、南房10间、门面房3间,并用4万元作流动资金准备开批发部。这时,关心她的人劝她:素占太胆大了,买那块烂地,万元户还要折腾成毛元户。所料不错,没几天城市改造修道路,她的1.4亩地被占得只剩下不到200平方米,无奈的她,只好投资30万元盖起了前面大、后面小的四层大楼,她一看像是个"三角",索性起名"金三角",并请书法家挥毫题字"金三角"。

她自学成才,办了榆次市第一个个体裁缝营业执照,把布做成了衣服批发，一件只挣手工费2元；批发布匹，实行多种经营，她的店从1人扩到了3人、5人、10人……那时，她的小女儿还不到一岁，她到河南、下晋城、去侯马……扔下孩子，挤上火车。卖衣服，批裤子，30条、50条、100条……批发布，没有计算器，就列个单子对照着算2尺、6尺、8尺、1丈……三年后，如鼓的足音，踏出了热血节拍，走出一路风采。1988年她的"金三角"纺织品公司正式开业，商店、中餐、西餐、宾馆一条龙。开业当天，老乡们、客户们都来贺喜，光吃饭就花去1万多元，周围卖麻花的、卖饼子的销售一空，只鞭炮就放了2000多元。在她的带动下，周围的一系列产业兴旺了。连续8年，她被省、地、市三级授予"劳动模范"和"优秀共产党员""优秀女企业家"称号。

女子监狱的来信

创业的路没有止境。她的"金三角"经营越来越大，这时她开动脑筋，找市场，看项目，又投资100万元，扩大了经营项目，又增加了百货日用品、机械配件等经销，她成了远近闻名的"女企业家"。1998年市妇联组织"巾帼建功十明星"到省第四监狱（女子监狱）进行帮教活动，她当时没有稿子，用真实的情感、动人的事迹，讲十一届三中全会以来，自己从妇女队长到一把尺子、一把剪刀闯天下的事；从1982年、1983年卖布，讲到1985年搞批发，1986年被占地，1987年盖起"金三角"四层综合大楼……整个会场鸦雀无声，接着是如雷般的掌声。有一个杨姓中年女子听完后泪流满面，泣不成声，悔恨不已。5月份的一天，她接到了杨女士的来信，信中讲述了她的不幸。杨女士是五台县人，在她18岁时她爸爸为了偿还母亲多年生病外欠的医药费，把她嫁给了一个30多岁的农民，他们没有共同语言，生了一个孩子以后，她又重新找了一个丈夫。但是那个人牌气不好，对她经常打骂，大吵三六九，小吵天天有，无奈的她只好住在娘家。不幸的事情终于发生了，有一天她丈夫到娘家闹事，她拿棍子将其夫打成脑震荡，她的爸爸也参与打人，判刑一年。进入第四监狱改造后，特别是听了赵总的演讲，她对生活重燃希望，希望赵总能去看看她，这成了她的心病。老赵当即去看了她。8月4日出狱，老赵骑摩托把她接回"金三角"，开始教她业务、技术，更教她怎样做人。1999年，山西省社会治安综合治理委员会授予她"全省刑释解教人员安置帮教工作先进个人"。在此期间，老赵又收留了因盗摩托车刑满出狱的某某纺织厂工人小张，并介绍他俩结为伉俪。现在，小张还在她的公司上班。杨女士把赵总的事迹告诉了在狱中服刑的其他姐妹，29岁释放人员王某也通过监狱长打电话联系，被安排在她公司上班。赵总发现她是做生意的料，就帮她分析市场，并支持了她5000元的布，让她拿走去洪洞等地卖。王某从此起家，现在在太原做服装生意。赵总又一次被评为"山西省帮教先进个人"。我看着老赵的一大沓奖状、荣誉证书，心中激动不已，每一张背后都凝结着她的辛勤和汗水。

"金盛牌"

创业的路，没有驿站。2000年春，万物复苏。正月初三，人们还沉浸在过大年的气氛中，赵素占的新想法又一次在脑海中升起，新世纪交给社会什么？创华北最大的民营印染企业。整整三天三夜，她辗转反侧，眼睛没有合一下。她在思考，我能吗？我能干成吗？丈夫平国看在眼里，疼在心上，给她买了安定。但是说来也怪，心里有事儿，吃了安定也不能入眠，她反复地问自己，我是一个女人，办厂只是男人的事吗？她又告诫自己：古往今来，花木兰从军，女将军、女运动员，多少世界冠军全是女的，谁说女子不如男，她想：男人能办到的女人一定能。创业是一种挑战，更是一种精神，女人有自己的独特优点，男人花 10 元办的事，咱女人 8 元甚至 5 元就可以办到。爱人又心疼地给她端来了鸡蛋拌汤，但她饭吃不下，水喝不下，她执意要去和别人交流。一些关心她的人说：经营布与印染布是两个行业，干不成了人财两空，跳楼也来不及，不如保守点，把"金三角"租出去挣钱，享清福，管够你生活。是的，生活和生存不一样，如果染布不成功，她就不来见人。

又是一个充满无限生机的黎明。决心已下，九头牛也拉不回。于是，她考虑到环境、污染、能源等各个方面的因素，开始找印染厂的厂址，何书记非常支持：你占那块地吧。于是，占地 15 公顷，厂房 3500 平方米，设计生产能力 1000 万米／年的企业建起来了。现在每天生产 1 万米，解决五十多名下岗职工、贫困山区人员就业问题的生产厂，从立项、审批、盖厂房到生产出产品，只用了 9 个多月时间。您相信吗？过去的一片荒地，不足半年，一个新型的印染厂耸立眼前。您能相信吗？产品供不应求，远销国内外十几个国家，太钢厂床上用品、门帘，西山矿务局煤矿工人的工作服，几所大学大学生的被罩，不少桑拿房的枕套，都由她来做。质量好、价格低、信誉优成为她的优势，她的玉品金心和昌盛一方已远近闻名。1998 年，国家工商局正式注册"金盛牌"床上用品。

提起这事儿，老赵谈了 7 月 1 日建厂房到 10 月 1 日厂房建起，再到年前出产品的几件事。她当时决定大年三十吃饺子前出产品。腊月二十四，机器、设备、人员、原料一切基本就绪，开印还有 6 天，上色试验，烘干试验……煤不够了，但煤矿已经放假，他们就去印染场借煤；锅炉吐水了，第二天冻崩了，买阀门一个、两个、三个、五个，一买一筐子，他们不惜一切代价，终于印出一流的产品。腊月三十，果绿色、蓝色、红色、粉色的布终于染了出来，她的心高兴得要跳出来了，一种从未有过的成就感，在一个成功者的心中荡漾。一算账，六天用了 20 吨煤，只染了四包布（现在一天染 20 包布），染 1 米布费用高达 2000 元，可想创业的艰难。大大小小的挫折没能使她退却，反而使她更加成熟。

她为了找一流的技术人员，走遍全国印染行业，广纳贤才，找到了现在的技术工程师，在印染业内堪算一绝的人物。她问要多少工资时，对方讲："赵总你不是要产品吗？不要钱，因为你的精神感动了我。"现在，印染厂为榆次创造的经济效益和社会效益是有目共睹的。她成功了，但成功不是天上掉下来的，成功也不是路上捡到的。成功在她的脚下，她的手中。素占是一个难得的人才，你给她多大的空间，她就能创造出多大的业绩和成就。现在，她正在投资上一条彩色印染线，这条生产线上了之后，该厂将成为华北最大的印染基地。她用行动，践行了"三个代表"这一时代主旋律。

"兰炭"的故事

赵素占为什么创造业绩往往是惊人的，因为她有一种惊人的精神，再加上细心、俭朴的特点，所以能成功。老赵为了让她的职工们吃好，每天早上七点以前骑自行车到菜市场，人们不敢相信一个大企业的董事长会这么细致，问她："老赵，您还亲自买菜？"她回答："锻炼身体嘛。"有一天清早，路过一个灰渣池，好多的"兰炭"（未燃烧尽的炭）被她看见了，她马上过去把一个编织袋装得满满的拖在自行车上，还有一部分怎么办？她当即脱下了上衣，把他们包好，背在背上往厂里走，回到厂里，填进了她的锅炉里。试想哪个企业经理能做到呢？老赵心里却是甜蜜蜜的，要是每天五点多出来都能碰上这事就好了，能为她的炉子，每天节约多少炭？可不是一个小数字啊！我问："您过年的新衣服呢？"她回答：没做。大年三十，她还在学电脑，人知识多了，精神好了，新衣服就免了。大年初一，大街上给老赵拜年的娃娃们络绎不绝，按每人10元，一天她要发出3000多元的压岁钱，足以买一件新衣裳。但是，她免了，她说给孩子们买些笔和本吧。不过，人们说，赵总穿什么都美，因为她从内美到外，心灵美。

素占不仅在事业上是一个强者，在家族里是一个好大嫂，"贤妻良母好媳妇"。她爱孩子、爱老人。小叔子的大女儿8岁、小儿子4岁时，全由她养着。现在大的已经20岁，小的16岁了，她不仅管吃、管住、管上学，而且连上高中请家教都包了；小姑子的房子是她给盖的，婆家的大小事情，全靠她来管，不仅给他们盖了房子，就连做窗帘也是她亲自动手。南关村一位三十多岁的妇女，因患了肝癌晚期，几次手术，经济困难，素占第一次赞助了1000元，第二次300元……现在，她还有一个心愿：通过政府资助一些失学儿童。她就是这样奉献自己，照亮别人。

明天的"零点"

2002年3月11日，赵素占的厂里灯火通明，歌声、笑声汇成一片，原平、太原、阳泉、榆次远近织布厂的老板22人，都来到她的印染厂，学习她的经验。那天的气氛，热烈得像印染时蒸笼的火热，她的精神，她的凝聚力，用语言无以表达，同行们统称：您永远是我们的赵大姐！赵素占，一路豪歌，无论在哪个岗位上都处处领先，被人们称为"女中豪杰"。但她讲，我明天还是从"零"开始，干这么大的事，光靠我一人不行。我决策后的事，总有人去做，去实践，我的职工、朋友、家人，特别是爱人付出很多，"官凭印，虎凭山，我凭的是党的政策"。赵素占以她的人格魅力和真诚朴实换来了各界朋友的真诚合作，用她的执着和倔强、胆识和魄力，燃起了民营企业的生命之火。在我们这儿流传着一句话："金凤凰"昌盛了"金三角"。

（此文于 2002 年 7 月在北京人民大会堂获中国作家协会、人民文学杂志社、北京东方英才文化教育研究中心主办的"三个代表的忠实实践者"《人民文学》报告文学征文活动优秀奖。被收入《三个代表的忠实实践者》，人民文学出版社出版。）

|附一|

真情化作润土的雨

当看到张月军同志一沓厚厚的文稿时，我着实吃了一惊。惊讶的是想不到她多年来在繁忙的工作之余仍坚持创作，且积累了这么多作品，惊喜的是她再次准备将部分凝聚心血的作品出版，其所包含对文学的热爱，非执着一词无以达此境界。

张月军同志身上有教师的认真严谨，有团干部的热情泼辣，有宣传干部的敏锐果敢……领导基层文联工作苦中求乐，承担抢救民俗文化整理丝缕，参与旅游项目开发身体力行，一直积极投身多项社会文化活动重点工程……她的人格魅力不仅使她的作品形成热情质朴、精练明快、自然流利、朗朗上口的语言风格，更重要的是为她后来进行文学创作提供了广泛的素材选择和灵感源泉。多年坚持文学和文艺创作，发表了诸多诗歌、随笔、评书、散文、论文、调查报告等，其后沟村民俗普查纪要，被列为国家社科基金特别委托项目，中国民间文化遗产抢救工程调查范本，高等教育出版社出版。多次上人民大会堂领奖，成为我们当地的名人。

在常家庄园、榆次老城的修葺复建期间，在后沟古村的开发保护现场，在发展曲艺的学术研讨讲台，在文化下乡的群众观演瞬间，都成为她近距离地了解生活，丰富创作题材的契机。采取这般置身于事件之中，做人物的知心人、事件的知情人的方式，积攒出与被采访者恰似姐妹、挚友般相处的情感，达到从现实生活寻找典型事迹，以典型事迹宣扬优秀人物，以优秀人物辉映伟大时代的目的。所以她的报告文学塑造了一个个"五一劳动奖章"和全国劳动模范。

我所接触的张月军同志开朗乐观、喜与人处、乐交朋友，使人感到她的心境奔放，友善安宁。

她的作品不受功利或者环境影响，而是受内心情感的驱使，向各艺术门类汲取营养，因而也使作品落笔灵动、言之有物。写艰难则使读者如身临其境，写奋斗则让人读来热血沸腾，写成功则使人共鸣喜悦……她的作品看似写别人或者为别人而写，但其中不乏她长长的影子。作品集《为了这片绿》便可以当作是一个很好的例证，用自己的方式来续写荣耀。

笔墨紧随时代，豪情满怀赞颂。在此，衷心地祝贺张月军同志的作品集出版，感谢她为祖国的繁荣复兴而讴歌，创作出了这些反映发展缩影、礼赞美好生活的篇章，为新时代的文学艺术园地，增添了新鲜的绿茵。

刘雅明

2020 年 6 月

（刘雅明，榆次市文联原副主席，现晋中市政府外事办干部）

善人艺事张月军

前些日，月军给我来电，说要出版《为了这片绿》，我很高兴！和月军同志在工作和生活中相处十几年，让我感动的是，月军同志是一个非常真诚的人，善良的人，工作能力非常强，有热情，有担当，有组织能力，有干事创业的欲望，有专业创作素养，又有很强的家国情怀。

每当国家和省里有重大事件发生，如汶川地震、南方冰雪、扶贫救困、晋京展演等，她都能够及时为主席团提出科学合理的工作思路和操作性强的具体办法。

在培养人才上，她率先提出了曲艺要从娃娃抓起的开拓性思路，为我省乃至全国培养曲艺后备人才奠定了扎实基础。在连续几届的全国少儿曲艺大赛和展演及山西省少儿曲艺大赛等活动中，涌现出众多的优秀青少年儿童曲艺人才。

在弘扬曲艺事业、发展地方文化上，她做好了长远的文章。既立足眼前，对现有的艺术家们给予多方的关心和帮助，让其发挥更大的作用；又着眼长远，为中青年区域人才创造更多的机会；同时，团结广大曲艺工作者，为新时代书写，为百姓说唱。

特别是在经济情况十分困难的时候，她积极配合主席团，创造性地开展各项工作，收到了很好的反响，如挖掘整理山西曲艺曲种，"中国曲艺之乡"和"曲艺名城"沁县、长治县、长治市创建成功。全国曲艺赛事牡丹奖北方赛区落户长治市。联合临汾、侯马举办了

"古都新田文化节"，"全国曲艺相声小品新人新作"一、二、三届赛事，"中部六省曲艺大赛"，"山西省曲艺大赛"等文化活动。在央视《周末喜相逢》《笑星大联盟》等栏目推出了山西曲艺专场……有力推出了新人新作。山西曲艺，走出国门，走向世界；山西的相声、长子鼓书、潞安大鼓等曲艺曲种唱响法国、新西兰、日本、韩国、新加坡、马来西亚等国，有力地提升了山西的知名度，为山西说唱艺术走向国际做出了重要贡献。山西曲艺工作能够在全国取得优异的成绩，张月军同志这位曲艺行政干部、山西省曲协驻会副主席、秘书长功不可没。

和张月军同志在一起工作十分愉悦，虽然她后来调任新的工作岗位，但对曲艺事业还是非常关心和喜爱，创作欲望很强，多年来笔耕不辍，佳作迭出。这本《为了这片绿》"说唱生活"部分囊括她多年的曲艺创作，反映各时段的真情实感，广大读者可以通过作品更好地了解张月军同志。

马小平

2020 年 7 月

（马小平，曲艺作家、导演、表演艺术家。曾任山西省曲艺团团长、山西省演艺集团副总经理、山西省曲艺家协会主席、山西省文联副主席、第七届中国曲艺家协会副主席、第十届全国人大代表和十一届全国人大代表。现任山西省高级人才职称评审委员、全国曲艺小剧场艺术委员会主任、中国曲艺最高奖牡丹奖评审委员会委员、全国文化艺术活动高级创意策划师、国际关公文化艺术促进会主席，文化艺术国际网董事局主席。）

后　记

《为了这片绿》的付梓，让我倍感欣慰。

2004年，在第六届中国民间艺术节之后我就筹划出版此书。2005年我调到山西省文联工作，深深地感到自己将面临一个更高层次文化的挑战，认识到自己还有一些从基层来的燥热，所以我决定让它"待字闺中"，再继续沉淀自己。当我在省文联接触了各艺术门类的名家、大家后，不断的学习过程，也深深地陶冶了自己的内心。与艺术家们朝夕相处，有幸体验了各位方家鲜活的一面，使我感到更要策马扬鞭。

在天津小白楼请冯骥才先生为我的书题写书名并作序，他看了我的书稿，从我众多的作品中亲自选定了人民日报出版社出版的获奖作品《为了这片绿》，亲笔题写了书名并耳提面命：序就从《榆次后沟村采样考察记》中节选一段作代序就行。山西省文联党组书记郭健，为我的曲艺作品取名《说唱生活》并赐墨宝；调研论文篇"探微知著"由后沟古村七岁的小朋友李烁燃书写，取文化承袭之寓意和祈愿；报告文学篇"时代撷英"由十九年前《路，在爱中延伸》的主人公，现仍然任晋中公交公司董事长兼总经理欧阳英女士书写，延伸着路中的爱……所有这些都激励我，给关心我的人一个阶段性汇报。

《为了这片绿》原计划以报告文学为主，经过这么多年的学习和成长。文学家吕新先生对我说："说唱最具人间烟火气，老中青幼都喜欢，歌颂真善美，能抓住人心，民风民俗实用性、观赏性、传承性更强。"所以缩减了报告文学的篇幅，以说唱生活置顶，而报告文学和调研论文演讲稿，只选了几篇代表性作品，作为历史的记忆。

我自幼受家庭的影响，对说唱的热爱，贯穿了整个生活、学习、工作过程。记得小时候，父亲给我讲："牛心柿"对"兔头梨"；党的十一届三中全会后，外公从成都回来，欣然提笔写下："四壁藏书东西散，一家骨肉南北分，儿孙精研科技事，莫入宦海争浮沉。"也许是东西文化的拥抱，也许是南北文化的结合，在中共榆次市委宣传部工作时，特别是任政协委员期间，我在不同场合都会说上一段。有榆次乡土的叠音，"西瓜瓣瓣、冰糖蛋蛋"；也有简易三字腔，"共产党，我来赞，1921扬风帆"韵律；讲党课时，我讲："东方红，太阳升，跟着共产党铁了心；马路变宽，墙上嵌砖；清早饺子晌午糕，黑夜还把烙饼烧……"给全国法院干部业余法律大学上历史课时，我说："公元前138，张骞西域才出发，公元前119，张骞再次西域走……"我到工厂、农村、机关、学校都讲过课，并一直坚持免费给孩子们讲语文课，好多孩子在升学考试、职场面试等，都考出了好成绩。

在山西省曲协工作期间，全国各地多种场合都有我说唱带来的欢声笑语，在省直单位培训、演讲会、各种社会活动中即兴说一段。不断地创作，让我与新闻媒体结了缘，中华全国农民报协会新闻与文化研究员、《人民日报》新闻信息调查员、人民信访员、各类杂志的通讯员、人民日报出版社出版的《中华辉煌》《共和国丰碑》等大型文献特约编委……这些身份更激励着我继续努力。

《为了这片绿》是我的心路历程，也是我的生活学习工作随记，更是我人生中的精彩乐章。

我的经历简单，从学校毕业，到学校教书；再到团市委、宣传部；自 1998 年任榆次市文联主席以来，至今一直在文联的岗位上，与社会的接触面窄，作品的内容有局限性，创作过程中存在很多不足，希望各位良师益友，不吝赐教。

感谢冯骥才主席、刘兰芳主席、姜昆主席对我的知遇之恩，并亲笔为本书题写书名、作序、题词。感谢我到省文联工作后，历任党组书记宋新柱、张根虎、李太阳、郭健、李斌同志对我的关心和大力支持，感谢省文联同志们对我的帮助和鼓励。

感谢各位好友同僚，同事挚友。感谢各位文艺工作者为我的作品谱曲、说唱，让我这颗火热的时代之心与这片沃土紧密相连。感谢这个先进的互联网时代，能让我的亲友，从祖国的四面八方，神速阅读雅正我的文章。感谢中央文献出版社、人民日报出版社、光明日报出版社、高等教育出版社、大众文艺出版社、《曲艺》《文艺新观察》《黄河之声》《火花》《山西文艺界》以及文化艺术国际网、曲艺杂志融媒公众号、山西文艺网、山西文艺微矩阵等媒介的各位老师！

特别要感谢韩玉峰老师在文字上的指点和周山湖先生在艺术上的指导。

鸣谢《为了这片绿》成功出版的诸位。感恩大家！

2020 年 9 月 3 日